Abenteuer Wälder

Lois Walfrid Johnson

2 Die verborgene Botschaft

CLV

Lois Walfrid Johnson
ist eine bekannte Autorin unter christlichen Lesern.
Ihre den Teenagern gewidmeten Bücher
waren mehrere Jahre Bestseller.
Sie und ihr Ehemann Roy haben drei Kinder
und leben im ländlichen Wisconsin, USA.

4. Auflage 2025 (CLV)

Originaltitel:
The Hidden Message / Adventures of the Northwoods 2

Deutsche Ausgabe erstmals erschienen bei
One Way Verlag GmbH, Wuppertal

Ravensberger Bleiche 6 · 33649 Bielefeld
www.clv.de

Bei Fragen zur Produktsicherheit erreichen Sie uns
über gpsr@clv.de oder auf dem Postweg.

Übersetzung: Ulrike Stute und Wolfgang Neumeister
Satz: CLV
Umschlag: Andreas Fett, Meinerzhagen
Druck und Bindung: ARKA, Cieszyn, Polen

Artikel-Nr. 255592
ISBN 978-3-89397-592-1

Inhalt

Für Walter und Ella Johnson –
Freunde, auf die ich mich verlassen kann!
Danke, dass ihr mir alles erzählt habt,
was ihr über diese Zeit wusstet.

Vorwort

Zu Beginn des 20. Jahrhunderts gab es im Nordwesten Wisconsins tatsächlich einen sehr starken Mann – den 2,28 Meter großen Marshal Big Gust. Beliebt bei den gesetzestreuen Bürgern der kleinen Stadt Grantsburg, machte er mit Unruhestiftern kurzen Prozess.

An den Ufern des Spirit Lake steht noch immer die nur aus einem Raum bestehende ländliche Schule. Jedoch kommen keine Kinder mehr dorthin, um zu lernen. Aber vielleicht kannst du ihr Lachen hören, wenn du dieses Buch liest.

Hättest du zu dieser Zeit gelebt, wärst du wahrscheinlich Menschen wie Kate und Anders, Mama und Papa, Lars und Tina begegnet. Du hättest ihre verschiedenen Freunde wie zum Beispiel Erik kennengelernt, Lutfisk, ihren Hund, und Windy Hill, ihre Farm am Rand der großen Abenteuerwälder.

Es ist nicht zu spät. Gerade jetzt kannst du Kate und Anders in dem Abenteuer *Die verborgene Botschaft* begleiten.

Kate lauscht

In der Dunkelheit einer Novembernacht wachte Katherine O'Connell plötzlich auf. Einen Moment lang lag sie bewegungslos da und fragte sich, ob etwas nicht in Ordnung sei.

Der Schein des Mondlichts fiel in das Schlafzimmer in der ersten Etage, das sie mit ihrer Schwester Tina teilte. Das kleine Mädchen atmete gleichmäßig, es schlief friedlich. Kate rutschte tiefer unter die Decke und versuchte, ihr Unbehagen fortzuschieben. Seit sie nach Nordwest-Wisconsin gezogen waren, hatte Kate mehr als einmal nicht schlafen können. Manchmal war es einfach ein Hahn, der sie weckte. Ein andermal erschütterte der Schrei einer Eule die friedlichen Wälder rund um die Windy Hill Farm. Außerdem war da jene Nacht, in der Kate am Fenster des Vorratsraums gewacht und den geheimnisvollen Fremden erspäht hatte.

Jetzt hatte die zwölfjährige Kate keinen Grund, wach zu bleiben, zumindest dachte sie das. Sie schloss die Augen und versuchte, wieder einzuschlafen.

Kurz darauf ließ das Geräusch von Stimmen sie senkrecht in die Höhe fahren. Sie glitt aus dem Bett, griff nach ihrem Morgenmantel und huschte auf Zehenspitzen über den kalten Holzfußboden. Langsam, leise drehte sie den Türknauf und öffnete die Tür gerade so weit, dass sie hindurchschlüpfen konnte.

Kate schlich weiter auf Zehenspitzen die Treppe hinunter und hielt sich seitlich auf den knarrenden Stufen, um jedes Geräusch zu vermeiden. Mamas und Papas Schlafzimmer lag im Erdgeschoss neben dem Esszimmer. Heute Nacht jedoch kamen die Stimmen aus dem vorderen Raum, der sich direkt unter Kates und Tinas Schlafzimmer befand.

Auf der vierten Stufe von unten hielt Kate an. Hinter der Wand verborgen, die zwischen der Treppe und dem vorderen Raum verlief, setzte sie sich. Sie schob ihr langes Haar nach hinten und beugte sich vor, um zu lauschen.

»Wir brauchen für das kommende Frühjahr Geld für Saatgut.« Papa Nordstroms Stimme klang leise.

Geld!, dachte Kate, schon allein das Wort verabscheute sie. Kates irischer Vater, Vati O'Connell, war bei einem Bauunfall ums Leben gekommen. In dem darauffolgenden Jahr hatten Mama und Kate sich abgemüht, genügend Geld für Essen und Miete zu verdienen. Dann hatte Mama Papa Nordstrom geheiratet, und sie und Kate waren von Minneapolis auf die Windy Hill Farm gezogen.

»Er benötigt Hilfe mit seinen drei Kindern«, hatte Mama zu ihr gesagt. »Wenn wir zusammenarbeiten, werde ich lernen, ihn zu lieben.«

Kate wusste, dass dies geschehen war. Papa Nordstrom und Mama, Anders, Lars, Tina und Kate waren eine Familie geworden.

Doch Kate hatte nicht erwartet, dass sie die Einzige in der Familie und in der Schule sein würde, die kein Schwedisch sprach. Sie hatte nicht erwartet, dass sie sich den Respekt von Anders, ihrem neuen gleichaltrigen Bruder, erst verdienen musste.

Jetzt sprach Papa Nordstrom weiter: »Die Löhne in den Holzfällercamps sind gut dieses Jahr.«

Kurze Zeit herrschte Schweigen. Als sie über seine Worte nachdachte, spürte Kate eine Leere in ihrem Magen. *Jetzt erkenne ich, wie du bist!*, hätte sie am liebsten gerufen.

Die Stimme von Papa Nordstrom hörte sich traurig an. »Ich wäre in den zwei oder drei schlimmsten Wintermonaten fort.«

Kate rutschte eine weitere Stufe hinunter, konnte jedoch Mamas Antwort nicht verstehen.

»Jo«, erklang Papas schwedisches Ja. »Anders wird helfen und Lars und Kate.« Seine Stimme klang rau, wie immer, wenn ihn etwas tief bewegte. »Aber ich will euch nicht alleinlassen.«

»Gibt es irgendeine andere Möglichkeit?«, fragte Mama sanft.

Eine Zeit lang hörte Kate nur das Ticken der Uhr. Dann fuhr Mama fort: »Wenn es keine andere Möglichkeit gibt, dann tun wir es. Wir werden damit zurechtkommen, weil wir keine andere Wahl haben.«

»Aber das Baby, das du erwartest –«, sagte Papa.

Ein Baby? In ihrer Aufregung beugte Kate sich weiter vor, um mehr zu hören. Plötzlich purzelte sie die restlichen Stufen hinunter.

Als sie durch die Türöffnung des vorderen Raumes fiel, sprang Papa Nordstrom auf. »Kate! Ist alles in Ordnung?«

Auch Mama sprang auf, doch ihre Stimme war streng. »Kate, ich habe dir schon einmal gesagt, dass du nicht die Gespräche anderer Leute belauschen sollst.«

»Aber, Mama, ist es wahr, dass du ein Baby erwartest?« Mamas Lächeln milderte die Strenge in ihrem Gesicht. Sie zog Kate an sich und nahm sie in die Arme.

Für eine Frau war Mama ziemlich groß, und Kate war klein für ihr Alter. Kate wusste auch, dass ihre Augen von einem tieferen Blau waren als die Augen von Mama. Doch als Kate jetzt aufblickte, leuchteten Mamas Augen.

»Das Baby wird im Frühling zur Welt kommen«, antwortete Mama. »Du bist die Erste, die es erfährt.«

Am nächsten Morgen beim Frühstück erzählten Mama und Papa Nordstrom den anderen Kindern die gute Nachricht von dem Baby. Aber Anders, Lars und Tina hörten auch die schlechte Nachricht, dass Papa in diesem Winter fortgehen würde, um in einem Holzfällercamp zu arbeiten.

»Als du gestern in der Schule warst, habe ich das Schwein geschlachtet«, sagte Papa dem zwölfjährigen Anders.

Anders nickte, sein Gesicht unter dem blonden Haarschopf war ernst. Er hatte wie sein Vater muskulöse Schultern von der Arbeit auf der Farm. Doch

Papa hatte braunes Haar und einen sauber gestutzten Schnurrbart und Bart.

Papa fuhr fort: »Bei diesem Wetter müsste das Schwein gefroren bleiben. Es liegt in der Sommerküche auf dem Herd. Die Fleischsäge liegt auch dort für dich, damit du Stücke abschneiden kannst, wenn ihr sie braucht.«

Anders wischte sich das Haar aus den Augen und nickte wieder. Wenn die Tage zu warm wurden, um Feuer im Haus zu machen, kochte die Familie die Mahlzeiten in der Sommerküche. Im Winter wurde das kleine Gebäude nicht beheizt.

Als Papa sich Lars zuwandte, blickte der Neunjährige genauso ernst wie Anders.

»Lars, du und Anders spaltet das Holz und bringt es herein, wie ihr es immer tut. Achtet gut auf die Kühe.«

Ein Haarbüschel von Lars' Rotschopf stand hinten hoch. Papa streckte seine Hand aus, strich es hinunter und lächelte. Lars blinzelte und blinzelte nochmals, als halte er Tränen zurück.

Als die fünfjährige Tina von ihrem Stuhl herunterrutschte, setzte Papa sie auf seinen Schoß. Tinas weißblondes Haar war zu Zöpfen geflochten, und ihre blauen Augen weiteten sich, als Papa sagte: »Meine Kleine, wenn die anderen in der Schule sind, kannst du Mama den ganzen Tag helfen.«

Dann schaute Papa Kate an und lächelte freundlich. In diesem Augenblick dachte sie daran, wie er ihr geholfen hatte, ein Teil der Familie zu werden.

»Papa, ich habe nachgedacht. Wenn ich keine Orgelstunden mehr nehmen würde, könntest du dann zu Hause bleiben?« Schon während Kate diese Worte sprach, fühlte sie innerlich den Schmerz. Seit Jahren hatte sie sich gewünscht, Orgelstunden zu nehmen, und sie hatte gerade erst damit begonnen.

Papa schüttelte den Kopf. »Das Orgelspielen bedeutet dir sehr viel, Kate. Und selbst wenn du aufhören würdest: Das Geld würde nicht reichen.«

Kate bemerkte die Tränen in Papas Augen.

»Kate, meine neue Tochter, Gott wird dich mit seiner besonderen Liebe behüten.«

Kate blinzelte, als ihr selbst die Tränen kamen. Sie war überrascht, dass er ihr nicht gesagt hatte, welche Arbeit sie übernehmen sollte, und schluckte schwer.

Nachdem er sich geräuspert hatte, wandte sich Papa wieder an die übrige Familie. »Wenn ich ein Gespann von Arbeitspferden mitbringe, verdiene ich mehr Geld. Ich werde Dolly und Florie mitnehmen und so schneller zurück sein. Anders, du kannst dann Wildfire gut einsetzen.«

Als Papa das Pferd erwähnte, richtete Anders sich höher auf, und sein Gesicht leuchtete vor Stolz. Doch als er seinem Vater in die Augen blickte, drückte sein Gesicht noch mehr aus. »Wir werden schon zurechtkommen, Papa. Ich werde mich um alles kümmern, und Kate und Lars werden mir helfen.«

»Jeder von euch muss die Verantwortung mittragen«, fuhr Papa fort. »Seid tapfer. Macht Mama keine Sorgen. Passt gut auf sie und auf euch selbst auf.«

Nachdem Papa für jeden von ihnen gebetet hatte, ging er hinaus zur Scheune und spannte die Pferde an. Kate wusste: Wenn sie von der Schule nach Hause kamen, würde er fort sein. Ein Schmerz machte sich in ihrem Herzen breit.

Sie dachte daran, wie es war, als ihr erster Vater, Vati O'Connell, starb. Die Zimmer, die Kate und Mama gemietet hatten, schienen traurig und leer zu sein. Vorher war ihr Leben von Lachen erfüllt gewesen. Wenn Vati von der Arbeit nach Hause kam, hatte er Kate oft mit einem Schwung emporgehoben und fest an sich gedrückt. Manchmal war er mit einem irischen Jig durch die Küche getanzt.

Jetzt fragte Kate sich: *Wie wird es sein, wenn Papa Nordstrom fort ist?*

Als Kate, Anders und Lars sich auf den Weg zur Schule am Spirit Lake machten, fragte Kate ihren ältesten Bruder: »Was werden wir ohne Papa machen?«

»Wir werden es schaffen«, antwortete Anders. »Wir müssen es schaffen.«

Doch Kate blickte in seine Augen und ahnte, wie Anders sich fühlte. »Ich werde Papa vermissen«, seufzte sie. Sie schluckte und wischte schnell die Tränen fort, die hochkamen.

Dann dachte sie an all die Dinge, die auf einer Farm in diesen Wäldern im Jahr 1906 geschehen konnten. *Was ist, wenn etwas schiefgeht?*

Der neue Junge

Auf ihrem Weg durch die Wälder waren Anders und Lars ungewöhnlich still. Anders ging mit seinen langen Beinen in großen Schritten voran. Lars folgte ihm, sein sommersprossiges Gesicht war ernst.

Kate, die mit ihren Füßen den Teppich aus Herbstlaub aufwühlte, hielt mit ihnen Schritt. Die Novemberluft war frisch, und zum Schutz gegen die Kälte knöpfte sie ihren Wollmantel zu.

Sie ließen die Windy Hill Farm und den Rice Lake hinter sich und kamen zu einem Bergkamm, von dem das Land zu beiden Seiten steil abfiel. Bald erreichten sie den steilen Hügel, von dem aus man auf die Schule am Spirit Lake blicken konnte.

Am Fuß des Hügels, zwischen ihnen und dem Schulgebäude, floss ein Bach. Er war durch Regenfälle stark angeschwollen und strömte mit großer Schnelligkeit zwischen seinen Ufern dahin. Lars sprang auf den Baumstamm, der das Wasser überbrückte.

Anders folgte so schnell, dass es schien, als renne er hinüber. Auf der anderen Seite blickte er den Hügel zur Schule hinauf.

Plötzlich blieb er stehen. »Er ist zurück.«

»Wer ist zurück?«, fragte Kate, als sie den Stamm betrat. Auch jetzt noch, nachdem sie schon so oft hinübergegangen war, hatte sie fast die gleiche Angst wie an ihrem ersten Tag in der Schule am Spirit Lake.

Das kalte, dunkle Wasser rauschte unter ihren Füßen hindurch.

Als Anders nicht antwortete, fragte Kate noch einmal: »Wer ist zurück?«

»Stretch.« Anders' Stimme hörte sich an, als gefalle ihm das nicht. »Hat wohl die Ernte beendet.«

Als Kate das Ende des Stammes erreichte, blickte sie den Hügel hinauf. Auf der Veranda der Schule stand mit einem Grinsen auf dem Gesicht ein dünner Junge mit lockigem, blondem Haar. Zu Kates Überraschung schien er noch größer zu sein als Anders.

»Stretch?«, fragte sie. »Warum nennt ihr ihn so?«

»Weil es zu ihm passt.«

»Weil er so groß ist?«

»Groß ist er allerdings«, antwortete Anders.

Kate merkte, dass er nicht ihre Frage beantwortet hatte. »Nennt ihr ihn deshalb Stretch?«

Anders schaute grimmig nach vorn, sagte jedoch nichts mehr. Schließlich fragte Kate: »Wie ist sein richtiger Name? Niemand wird einem Baby den Namen Stretch geben.«

Anders grinste. »Nein, das tut wirklich niemand. Sie nennen es Johnson oder Peterson oder Olson.«

»Was hat das damit zu tun?«

»Also, es gibt Big Gust Anderson.«

Kate nickte. »Den in Grantsburg.« Der 2,28 Meter große Dorfmarshal hatte Anders und Kate geholfen, ein Geheimnis aufzuklären.

»Und da gibt es Church Bare Anderson und Bingo Anderson.«

»Oh, du machst dich lustig über mich!«, antwortete Kate.

Anders hob seine rechte Hand wie zum Schwur. »Ich bin todernst. So viele Leute haben den gleichen schwedischen Namen, dass jeder ihnen einen anderen Beinamen gibt. Es gibt Plaster Olson, Legs Olson und Gloomy Gus Olson.«

Lars stimmte ein. »Und Dusty Olson und Stonewall Olson.«

Kate begann zu lachen.

»Shoemaker Johnson, Tanner Johnson, Hitch Barn Johnson.« Anders machte eine Pause, um Atem zu holen. »Happy Johnson, Spoon Hook Johnson und Mule Johnson!«

Lars übernahm den Singsang. »Andrew Johnson Eins, Andrew Johnson Zwei.«

»Und drei und vier?«, fragte Kate.

Anders kratzte sich am Kopf. »Ich bin mir nicht sicher. Doch es gab einen Johnson Nummer 22! Und dann haben wir noch den Johnson, der einfach Stretch genannt wird!«

»Nennt ihr ihn auch Stretch, wenn ihr mit ihm redet?«

»Jup«, sagte Anders, während er den Hügel zur Schule hinaufstieg.

Als der neue Junge in das Gebäude hineinging, meinte Kate leise: »Von hier aus sieht er ganz nett aus. Was ist der wirkliche Grund, warum du ihn nicht magst?«

Als Anders nicht antwortete, versuchte Kate es

bei Lars. »Er streckt, er *streckt* die Wahrheit«, erklärte der jüngere Bruder ihr.

»Wie meinst du das?«

Auf Anders' Blick hin schwieg Lars, aber Kate gab keine Ruhe.

»Er ist älter als die Übrigen von uns«, sagte Anders schließlich. »Und er ist ein *grooofßes* Problem.«

Kate lachte. »Keiner hier ist ein großes Problem!«

»Ha!«, erwiderte Anders spöttisch. »Das denkst du!«

»Wieso ist er dann in der Schule?«, fragte Kate. »Die meisten Jungen erscheinen nach Abschluss der achten Klasse nicht mehr.«

Obwohl Kate drängte, weigerte sich Anders, mehr zu erzählen. Schließlich warf sie ihren langen schwarzen Zopf über ihre Schulter. »Du fantasierst.«

Anders drehte sich mit ärgerlichem Blick zu ihr um. »Nein, das tue ich nicht. Und du hältst dich von ihm fern!«

Diesmal kicherte Kate. »Wer ist er? Der große, böse Wolf?«

Wieder gab Anders keine Erklärung. »Du hörst auf mich!«

»So?«

»Ja, ich weiß, wovon ich spreche.«

Jetzt wurde Kate ärgerlich. »Du denkst wohl, weil Papa wegfährt, bist du der Boss?!«

»Wenn Papa hier wäre, würde er dir das Gleiche sagen!«, warnte Anders sie finster.

Als Kate den Klassenraum betrat, saßen die meisten anderen Kinder bereits an ihren Tischen. Ihre Lehrerin, Fräulein Sundquist, stand mit dem neuen Jungen hinten im Raum. Im Vergleich zu ihm wirkte sie sehr klein. Kate stellte fest, dass Stretch fast 1,80 Meter groß war.

Im gleichen Augenblick schaute er hoch, über den Kopf der Lehrerin hinweg. Er fing Kates Blick auf und zwinkerte ihr mit einem Auge langsam zu.

Kate wurde verlegen, weil ihr Blick bemerkt worden war, und drehte sich schnell um. An ihrem Tisch legte sie die Bücher hinein und nahm ihre Tafel heraus. Während Fräulein Sundquist nach vorn ging, tat Kate so, als denke sie an nichts anderes als an den Unterricht, der vor ihnen lag.

Doch einen Moment später schaute sie über ihre Schulter. Stretch saß zwei Tische hinter ihr, auf dem letzten Platz in Kates Reihe und im Gang gegenüber von Anders. Anders, der normalerweise sehr selbstsicher war, sah ärgerlich und unruhig aus.

Direkt hinter Kate saß Erik Lundgren. Kurz nachdem Kate in die Schule am Spirit Lake gekommen war, hatte er ihren langen schwarzen Zopf in sein Tintenfass gesteckt. Erik war wie Anders recht groß für sein Alter. Doch Eriks Haar war braun, ganz anders als das glatte blonde Haar von Anders.

Kate hoffte, dass Erik nicht mitbekommen hatte, wie sie Stretch über die Schulter hinweg angesehen hatte. Manchmal schien es, als sähe Erik alles.

»Morgen, Kate«, sagte er jetzt.

»Morgen, Erik«, antwortete sie im gleichen Tonfall.

»Wie wär's mit noch'n bisschen Tinte auf deinem Kleid?«

Es herrschte ein ständiger Kampf zwischen ihnen. Wenn er damit drohte, war sie sich nie ganz sicher, ob er ihre Haare nochmals in sein Tintenfass stecken würde oder nicht. Sie war fest davon überzeugt, dass er an jenem Tag im letzten März ihr Kleid nicht verderben wollte. Doch als sie den Kopf geschüttelt hatte, hinterließ das Ende ihres langen Zopfes auf ihrem Kleid Tintenflecken, die nicht wieder zu entfernen waren.

Kate schnitt Erik eine Grimasse und stellte fest, dass sein Haar geschnitten war. »Hast du wieder einen Topfschnitt bekommen?«, fragte sie.

Erik lief rot an und Kate schämte sich. Fast hätte sie gesagt: »So sieht es wirklich nicht aus.« Fast hätte sie es gesagt, jedoch nur fast. Sie wollte auf keinen Fall, dass es so aussah, als gäbe sie in dem Wortgefecht zwischen ihnen nach.

Erik und Anders waren gute Freunde, und beide hatten durch die Farmarbeit kräftige Arme und Schultern bekommen. Wie Anders zeigte Erik eine Spur von Freundlichkeit, die Kate verriet, dass er sie mochte, auch wenn er sie pausenlos aufzog. Doch Erik nahm die Schule ernster als Anders.

Kate schaute zur anderen Seite des Ganges und lächelte Josie Swenson zu, dem Mädchen, das sie in der Schule am Spirit Lake am besten kannte. Langsam, ganz allmählich hatten sie und Josie sich angefreundet.

»Kate, ich muss unbedingt mit dir sprechen«, flüsterte Josie. Ihre haselnussbraunen Augen mit den langen dunklen Wimpern sahen beunruhigt aus.

»Was ist passiert?«, fragte Kate schnell und wusste, dass es sich um etwas Ernstes handelte. Was konnte wichtiger sein als ein neuer Junge in der Schule?

»Etwas Schreckliches«, antwortete Josie mit leiser Stimme. Kate beugte sich zu ihr hinüber. Es musste schon viel geschehen, um Josie aus der Ruhe zu bringen.

»Letzte Nacht ist unser Stier gestohlen worden.« Josie sah aus, als würde sie jeden Moment weinen.

»Euer Stier?«

»Das Tier, das wir für unseren Fleischbedarf großgezogen haben. Wir wollten ihn jetzt in den nächsten Tagen schlachten.«

Josies Familie lebte auf einer Farm in der Nähe der Schule am Spirit Lake. Zwischen ihrer Farm und Windy Hill, der Farm, auf der Kate lebte, erstreckten sich die Wälder.

»Gestohlen? Bist du dir sicher?«, fragte Kate. Sie wusste, dass Tiere manchmal einen Weg fanden, durch den Stacheldraht zu schlüpfen. »Euer Stier ist nicht nur fortgelaufen?«

Josie schüttelte den Kopf. »Ich weiß nicht, woran Papa den Unterschied erkennt. Er redet in unserer Gegenwart nicht darüber. Doch aus irgendeinem

Grund ist er sich sicher, dass der Stier gestohlen wurde.«

»Aber hier in der Gegend wird nie etwas gestohlen.« Kate konnte Josies Gefühle nachempfinden. »Niemand schließt die Türen ab. Jeder vertraut jedem.«

»Das ist das Schlimmste daran.« Josie kämpfte ihre Tränen zurück. »Wir haben nie damit gerechnet, dass jemand etwas stehlen würde. Noch nie hat jemand so etwas getan.«

»Außer, als der geheimnisvolle Fremde hier war«, meinte Kate.

»Aber er hat kleine Dinge gestohlen«, entgegnete Josie. »Nicht so etwas Wichtiges und Wertvolles wie ein Tier.«

Im morgendlichen Sonnenlicht ließen die Sommersprossen auf Josies Nase sie jünger als zwölf Jahre erscheinen. Doch Kate wusste, dass ihre Freundin sich oft um ihre acht jüngeren Brüder und Schwestern kümmern musste.

»Das ist euer Fleisch für den ganzen Winter, nicht?«, fragte Kate. Tief in ihrem Inneren konnte Kate nachempfinden, wie Josie sich fühlen musste.

Josies Nicken spiegelte ihr ganzes Elend wider. »Wir haben sonst kein Fleisch.«

Dann trat ein Hoffnungsschimmer in ihre Augen. »Vielleicht kannst du mit Anders auch dieses Geheimnis lösen.«

Bevor Kate und Josie weiterreden konnten, klingelte Fräulein Sundquist mit dem kleinen Glöckchen auf ihrem Tisch und bat um Ruhe. Die Lehrerin war gewöhnlich ruhig und gelassen, doch heute schien sie nervös. »Wie ihr seht, haben wir einen neuen Jungen bei uns«, kündigte sie an. »Ich bin mir sicher, dass die meisten von euch ihn schon kennen.«

Kate schaute nach hinten, wo sie ein sorgloses Grinsen auf Stretchs Gesicht wahrnahm. Wieder traf sie sein kühner, verwegener Blick. Sofort schaute sie verlegen zur Seite.

Gefahr!

Als Kate an diesem Nachmittag nach Hause kam, war Papa fort. Obwohl er selten redete, außer wenn etwas gesagt werden musste, ließ seine Abwesenheit das Haus still und einsam erscheinen.

»Ich frage mich, wie weit er gestern gefahren ist«, meinte Kate, als sie mit Anders und Lars am nächsten Morgen zur Schule ging. »Denkst du, dass Papa die ganze Nacht unterwegs war?«

»Nein«, antwortete Anders ihr. »Wahrscheinlich hat er an einem Haus haltgemacht und gefragt, ob er auf dem Fußboden schlafen kann.«

Dann dachte Kate an die Pferde und den kalten Nachtwind. »Was ist mit Dolly und Florie? Würde jemand sie in seiner Scheune unterbringen?«

Anders zuckte seine breiten Schultern. »Ich weiß es nicht. Wenn sie Platz hätten …«

Als Anders weitersprach, hatte seine Stimme einen anderen Klang angenommen. »Ich mag es nicht, wie du ihn ansiehst.«

»Wen?«, fragte Kate unschuldig.

»Du weißt schon. Tu nicht so.«

»Ich weiß nicht, wovon du sprichst«, beharrte Kate.

Anders lachte, und es klang barsch: »Ich spreche von Fräulein Katherine Nordstrom!«

»Katherine O'Connell, meinst du!«

»Nordstrom.«

»O'Connell.« Seit ihrem ersten Tag in der Schule am Spirit Lake war das ein Streitpunkt zwischen ihnen.

»Und du weißt, ich spreche von Stretch! Du müsstest sehen, wie du ihn anguckst.« Anders schielte, und ein dummes Grinsen glitt über sein Gesicht.

Dann verschwand das Grinsen, und seine Stimme klang ärgerlich. »Ich meine, was ich sage! Ich mag nicht, wie du ihn ansiehst!«

Kate spürte, wie ihr die Röte der Verlegenheit ins Gesicht stieg. »Du gemeiner Junge! Du fantasierst!«

»Tue ich das?«, fragte Anders. »Wie kommt es dann, dass du rot wirst? Wie kommt es, dass du immer beobachtest, was er tut? Er taugt nichts, ich sage es dir!«

»Was meinst du damit?«

»Er macht der Lehrerin schöne Augen.«

»Der Lehrerin?« Kates Stimme wurde leise.

»Was meinst denn du?«, fragte Anders. »Das ist der einzige Grund, warum er da ist. Letzten Herbst, als wir eine alte Dame als Lehrerin hatten, hat er sich nach der Ernte nicht blicken lassen.«

»Fräulein Sundquist hat letzten Herbst nicht unterrichtet?«

»Nein!«, sagte Anders. »Sie hatte gerade drei Jahre Highschool in Grantsburg beendet. Sie fing an, als die andere Lehrerin krank wurde und nicht zurückkommen konnte.«

»Aber sie ist immerhin älter als Stretch«, erwiderte

Kate. Einen Moment lang hegte sie einen Hoffnungsschimmer und fragte sich, ob Anders sich nicht irrte. Doch solange sie Anders kannte, hatte er sich selten in einer Sache geirrt.

Anders lachte. »Nicht viel. Unsere Lehrerin ist nur ein paar Jahre älter als wir.«

Es war, als hätte jemand Kate einen Stoß versetzt. *Und ich war dumm genug zu meinen, dass Stretch mich mag*, dachte sie.

»Wenn du jemanden gernhaben willst, dann nimm Erik Lundgren«, fuhr Anders fort, als ob er ihre Gedanken lesen würde.

»Erik Lundgren?«, höhnte Kate, wobei sie ihren langen schwarzen Zopf über die Schulter warf. »Bloß weil er dein Freund ist?«

»Nein, weil er –«

»Verantwortungsbewusst ist?« Kate lachte, als sie Papas Worte benutzte, ihnen jedoch eine verächtliche Note gab.

Diesmal war es Anders, der unbehaglich vor sich hinschaute.

Als sie sein Gesicht sah, fuhr Kate fort: »Verantwortungsbewusst ist er, natürlich! Papa würde sagen: ›Erik weiß, was er tut!‹«

»Jup!«, stimmte Anders zu. »Das weiß er!«

»Letztes Jahr hat er mein Schulkleid ruiniert, als er meinen Zopf in sein Tintenfass gesteckt hat.«

»Das wollte er nicht«, verteidigte Anders ihn.

»Schön, ganz gleich, was er wollte, er hat es ruiniert!«

Anders wollte nicht klein beigeben. »Er wollte dich bloß ärgern.«

Kates Lachen klang noch verächtlicher. »So?«

»Ja, *so*! Wenn du jemanden gernhaben willst, dann nimm Erik.«

Kate blieb mitten auf dem Weg stehen. »Ich vermute, als Nächstes erzählst du mir, ich soll ihn mögen, weil er in unsere Kirche geht.«

Anders grinste. »Gut! Zur Abwechslung hast du es erraten!«

Kate stampfte mit dem Fuß auf. »Mir fehlen die Worte, um zu beschreiben, wie ich dich finde!«

Anders tat so, als habe er es nicht gehört. »Und wenn dein Verstand nicht so vernebelt wäre, wüsstest du, dass wir uns selbst aussuchen, wen wir mögen.«

»Wer sagt das?« Der Gedanke verblüffte Kate.

»Papa. Und er hat recht. Es kann eine schlechte oder eine gute Wahl sein. Jemand wie Stretch oder jemand, der –«

»Verantwortungsbewusst ist«, beendete Kate für ihn den Satz. »Wie Papa sagt: *verantwortungsbewusst*. Dann entscheidest *du* dich besser, Josie zu mögen.« Kates Stimme klang zuckersüß.

Als Kate den Ärger in Anders' Augen wahrnahm, der schnell der Verlegenheitsröte wich, wusste sie, dass sie es ihm heimgezahlt hatte. »Und du bist bloß eifersüchtig auf Stretch«, fügte sie mit Berechnung hinzu. »Jeder mag ihn. Warum du nicht?«

Um das letzte Wort zu behalten, stapfte Kate davon.

Ihr Ärger hatte sich noch nicht gelegt, als sie die Schule am Spirit Lake betrat. Im Garderobenraum knallte sie ihren Provianteimer auf ein Regalbrett. Als sie zu ihrem Schreibpult ging, achtete sie darauf, dass sie nicht zu Stretch hinschaute.

»Ich muss euch alle warnen«, erklärte Fräulein Sundquist der Klasse, als sie den Unterricht begann. »Der Spirit Lake sieht aus, als sei er gefroren, doch durch die Quellen im See ist das Eis sehr trügerisch. Ihr dürft auf keinen Fall auf das Eis hinausgehen.«

Nach ein paar weiteren Mitteilungen forderte sie die Kinder auf, sich zum üblichen Treuegelöbnis für ihr Land zu erheben. Dann sprachen sie gemeinsam das Morgengebet: »Gib mir reine Hände, reine Worte und reine Gedanken, Herr. Hilf mir, für das Richtige einzutreten, auch wenn es schwer ist, und gegen das Falsche, auch wenn es leichter zu sein scheint.«

Kate wiederholte die Worte mit den anderen Schülern. Zum ersten Mal dachte sie darüber nach. *Hilf mir, für das Richtige einzutreten, auch wenn es schwer ist, und gegen das Falsche, auch wenn es leichter zu sein scheint. Was hieß das?* Doch dann schob sie den Gedanken beiseite.

Der Unterricht begann immer mit Rechnen, und Kate war darin nie so schnell wie Anders und Erik. An diesem Morgen hatte sie noch mehr Schwierigkeiten als gewöhnlich, um sich zu konzentrieren. Ihre Gedanken kreisten weiter darum, was zwei Bänke hinter ihr geschah.

Als es Zeit für die morgendliche Pause war, stand

Kate schnell auf, um ihren Mantel zu holen. Bevor sie hinaus auf die Veranda der Schule trat, wickelte sie sich ihren Schal um den Hals und zog Handschuhe an.

Stretch blieb neben ihr stehen. »Was sie da sagt, stimmt gar nicht«, flüsterte er leise.

Überrascht schaute Kate auf. Neben ihm fühlte sie sich noch kleiner als sonst. Doch sie war aufgeregt, dass Stretch mit ihr sprechen wollte. »Was stimmt nicht?«, fragte sie.

»Was die Lehrerin sagt. Sie sagt, das Eis ist nicht sicher.«

»Wenn sie es sagt, glaube ich es«, antwortete Kate. »Es gibt sowieso keinen Grund, da hinunterzugehen. Auf dem Spielgelände haben wir genug Möglichkeiten, uns zu beschäftigen.«

»Spielgelände?« Stretchs Stimme hörte sich verächtlich an. »Das ist was für Babys.«

Als er und Kate um den gefrorenen Hof schlenderten, wählten die Jungen gerade ihre Gruppen für ein Spiel. Einer von ihnen rief: »He, Stretch! Komm zu uns!«

Ein anderer widersprach: »Nein, wir bekommen ihn! Komm schon, Stretch! Spiel auf *unserer* Seite!«

Da Stretch größer und älter war als die anderen Jungen, würde er jedenfalls der Mannschaft, die ihn bekam, helfen zu gewinnen. Doch er schüttelte den Kopf und ging weiter.

Kate folgte ihm zum Hügel am Rand des Spielgeländes. Dort standen sie oberhalb der Straße, die an der Schule vorbeiführte. Auf der anderen Seite standen Bäume, die jetzt kein Laub mehr trugen. Darunter lag das Ufer des Spirit Lake.

»Ich sage dir: Ich weiß, dass ich recht habe.« Stretch warf einen langen Blick auf die weite Fläche des gefrorenen Wassers. »Ich war vor der Schule hier unten.«

»Die Tage waren warm«, erinnerte ihn Kate.

»Die Nächte waren kalt«, erwiderte er. »Sehr kalt.«

Im morgendlichen Sonnenlicht leuchtete das Eis. Für Kate sah es einladend aus. »Bald können wir eislaufen.«

»Wir können *jetzt* eislaufen. Komm, lass uns nachsehen.«

»Die Lehrerin hat ›Nein‹ gesagt«, protestierte Kate.

»Das hat sie nur gesagt, weil es ihr jemand von der Schulkommission aufgetragen hat.«

Stretch eilte den Hügel hinunter. Von unten schaute er zurück. »Wovor hast du Angst?«

Kate zögerte, sie fühlte sich unwohl. Doch dann kam ihr ein neuer Gedanke. *Vielleicht ist es doch nicht die Lehrerin, die er mag.* Schritt für Schritt ging Kate den Hügel hinunter. »Wir haben nicht viel Zeit.«

»Wenn wir uns beeilen, sind wir rechtzeitig zurück«, antwortete Stretch.

Kate hatte immer noch kein gutes Gefühl dabei, doch sie verdrängte ihr Unbehagen. *Wenn ich nicht mitgehe, wird er denken, ich sei ein Feigling. Außerdem macht es sicher Spaß, mit ihm zum See zu gehen.*

»Wir müssen ja nicht auf das Eis gehen«, sagte er. »Lass uns nur gucken.« Trotz seiner lässigen Art lief Stretch sehr schnell voran.

Als Kate ihn einholte, fragte sie: »Hast du die Sache mit Josies Stier gehört?«

»Was ist damit?«

»Er ist gestohlen worden.«

»Wirklich? Na, ein Stier ist nur ein Stier.«

»Nein, das ist er nicht! Sie haben ihn zwei Jahre lang gemästet, um Fleisch für den Winter zu haben.«

Kate wunderte sich kurz, dass Stretch so kalt und herzlos sein konnte. Sie litt immer noch mit ihrer Freundin. »Josie hat acht Brüder und Schwestern!«

»Weshalb glauben sie, dass der Stier gestohlen wurde?«, fragte Stretch.

Kate war erleichtert, dass er mehr Anteil an der Sache zu nehmen schien. Aber sie konnte ihm nur sagen: »Ich weiß es nicht. Josies Vater sagt nicht *warum*. Doch er *denkt*, dass er gestohlen wurde.«

Innerhalb weniger Minuten erreichten sie eine Stelle, an der die Straße dicht am See entlangführte. Stretch rutschte das steile Ufer hinunter. Kate folgte ihm.

Das Eis war glatt und klar gefroren. Kate schaute über den See in die Morgensonne. Doch das Sonnenlicht wärmte sie nicht. Fröstelnd zog sie den Schal fester um ihren Hals und war dankbar für Wollmantel und Handschuhe.

Als sie gegen das Licht blinzelte, bemerkte Kate weit draußen auf dem Eis einen Hund. Von ihrem

Standpunkt aus konnte sie das hellbraune und weiße Fell erkennen. Die drei weißen Pfoten und die schwarzen Flecken an seinen Ohren und seinem Schwanz kamen ihr bekannt vor. Plötzlich erkannte sie ihn: »Das ist Lutfisk!«

»*Lute fisk*?« Stretch dehnte die Bezeichnung für den getrockneten Fisch, den die Schweden zu Weihnachten einlegten und aßen.

»Der Hund von meinem Bruder. Als Welpe geriet er in den Dörrfisch und verputzte alles, bevor Anders ihn erwischte. Er muss uns zur Schule gefolgt sein.«

»Schöner Hund«, sagte Stretch.

»Jup«, antwortete Kate, dann bemerkte sie, dass sie wie Anders sprach. »Aber es ist bestimmt nicht gut, wenn er draußen auf dem Eis herumläuft. Ich hole Anders, damit er ihn herbeiruft.«

»Nicht nötig«, erwiderte Stretch hilfsbereit. »Ich hole den Hund für dich.« Er rief, aber Lutfisk rührte sich nicht.

»Komm her, Lutfisk!«, rief Kate.

In der frischen Morgenluft drehte der Hund seinen Kopf. Doch auch als Kate nochmals rief, kam Lutfisk nicht auf sie zu.

»Er hört mich«, sagte Kate. »Was ist los mit ihm?« Sie ging auf das Eis und näherte sich dem Hund.

»Komm her, Lutfisk!«, versuchte sie es noch einmal. Der Hund hob seinen Kopf.

Dann erinnerte sie sich an das Zeichen ihres Bruders, das er verwendete, um Lutfisk loszuschicken, die Kühe in den Stall zu treiben. Sie hob ihren Arm hoch und zeigte nach rechts. Dennoch, Lutfisk rührte sich nicht.

Kate bat Stretch, der in der Nähe am Ufer stand: »Versuch du es.«

Stretchs Ruf schien in der eisigen Luft widerzuhallen. Es bestand kein Zweifel, dass der Hund es hörte. Doch als Lutfisk auf sie zukam, bellte er, dann blieb er stehen.

»Komm her, mein Junge!«, drängte Kate, wobei sie sich noch weiter auf das Eis vorwagte.

Stretch rief nochmals, aber anstatt zu gehorchen, senkte Lutfisk den Kopf und knurrte ihn an.

Im nächsten Augenblick hörte Kate ein lautes Knacken. Eisiges Entsetzen packte sie.

Das Eis knackte wieder, diesmal lauter. Schnell wich Kate zurück. Doch ihre Bewegung machte alles nur schlimmer.

Wieder knackte das Eis, und plötzlich öffnete es sich unter ihr.

Kampf auf Leben und Tod

Als Kate im Eis einbrach, hörte sie Lutfisk bellen. Dann rutschte sie tief unter die Oberfläche des Sees.

Sie rang nach Luft und würgte, weil sie sich an dem eisigen Wasser verschluckt hatte. Die Kälte durchdrang ihren Körper und verursachte einen stechenden Schmerz in Magen und Brust.

Du kannst schwimmen, sagte sie sich, als sie den Kälteschock spürte. *Du kannst schwimmen.*

Doch ihre Kleidung und ihre Schuhe zogen sie wie schwere Gewichte nach unten. Als sie versuchte, ihre Arme zu heben, füllten sich die Ärmel ihres Mantels mit Wasser. Sie streckte einen Fuß nach unten, konnte jedoch keinen Grund erreichen.

Sie trat nach unten, trat noch einmal. Als sie an die Oberfläche kam, rang sie voller Panik nach Luft, nahm einen tiefen Atemzug und schrie laut: »Hilfe! Hilfe!«

Ihr Haar legte sich vor und in ihre Augen und versperrte ihr die Sicht. Sie hörte nur das Bellen des Hundes.

Wo ist Stretch? Verzweifelt blickte Kate zum Ufer, konnte aber niemanden entdecken.

Der Rand der Einbruchstelle war nicht weit entfernt, und Kate griff mit ihren Handschuhen nach dem Eis. Ihr langer Schal war ihr im Weg. Sie schlug ihn zurück und kämpfte sich zum Rand des Eislochs vor.

Als sie das Eis erfasste, brach es ab. Ihre Arme schlugen auf das Wasser und brachen noch mehr Eis ab. Wieder zog das Gewicht des Mantels sie hinunter unter die Wasseroberfläche. Wieder verschwand das Sonnenlicht, und schwarzes Wasser umschloss sie.

Voller Atemnot trat Kate mit den Füßen, doch da war nur Dunkelheit. Sie trat noch einmal. *Wo ist das Loch?*

Ihre Beine waren mittlerweile taub, und sie spürte nicht mehr, ob sie sich bewegten. Ihre Ohren pochten. Sie schien sich im schwarzen Wasser zu drehen.

Mit dem Mut der Verzweiflung kämpfte Kate sich einen Weg nach oben. Ihr Kopf schlug gegen etwas Hartes. *Ich bin unter dem Eis!* Das Entsetzten überwältigte sie fast. Sie bemühte sich mit letzter Kraft, ans Licht zu gelangen. *Auf dieser Seite vielleicht.*

Sie streckte ihre Arme aus und versuchte, sich in die entsprechende Richtung zu bewegen. Plötzlich fand sie offenes Wasser und kam an die Oberfläche. Als sie nach Luft schnappte, verschwand das Schwindelgefühl in ihrem Kopf.

Lutfisk bellte. Direkt danach hörte Kate eine Stimme.

»Kate! Kate!«

Stretch? Die Stimme schien weit entfernt zu sein, doch sie konnte sie verstehen.

»Zieh deinen Mantel aus!«

Sofort griff Kate nach den Knöpfen. Doch die

Handschuhe waren ihr hinderlich. Sie vergaß, ihre Beine zu bewegen, und begann wieder nach unten zu sinken.

»Lass den Mantel!«

Kate hörte die Stimme, fühlte sich jedoch wie betäubt. *Mir ist so kalt.*

»Hierher! Streck deine Hände aus.«

Meine Hände? Wo sind meine Hände?

»Berühr das Eis mit deinen Handschuhen!«

Kate streckte ihre Arme aus, war sich jedoch nicht sicher, ob sie ihr wirklich gehorchten.

»Du bist fast dran.«

Trotz ihrer Panik nahm Kate in etwa dreißig Zentimeter Entfernung den Rand des Loches wahr. Doch diese dreißig Zentimeter schienen meilenweit entfernt zu sein.

Mit allerletzter Kraft streckte Kate nochmals die Arme aus. Ihre Handschuhe berührten den Rand, aber das Eis brach ab. Wieder spürte sie, dass sie sank.

»Gib nicht auf, Kate!«

Mit völlig tauben Beinen trat Kate nach unten. Sie war sich nicht sicher, ob sie sich überhaupt bewegten. Wieder brach das Eis.

»Noch *ein* Versuch«, rief die Stimme. »Du hast es fast geschafft.«

Doch Kates Beine wollten sich nicht länger bewegen. Sie hob ihre Arme, versuchte sie auszustrecken und stellte fest: Sie konnte es nicht.

»Hilf ihr, Gott. Hilf ihr!«

Obwohl ihr Verstand eingefroren zu sein schien, bemerkte Kate Angst in der Stimme.

»Versuch es noch einmal!« Die Stimme klang jetzt wieder sicherer, die Panik aus ihr war verschwunden.

Diesmal klammerten Kates Handschuhe sich an das Eis, und es brach nicht fort.

»Halt dich dort fest!«, schrie die Stimme.

Kates Zähne klapperten. Sie benötigte allen Atem, um zu sprechen. »Ich kann nicht.«

»Lass sie am Eis festfrieren!«

Kates Schultern schmerzten, und die Zeit dehnte sich zu einer Ewigkeit. Doch dann stellte sie fest, dass die Stimme recht hatte. Ihre Handschuhe froren fest und hielten sie oben.

»Halt ganz still! Ich bin sofort zurück.«

»Geh nicht weg!«, schrie Kate.

Sie erhielt keine Antwort, und Kate wusste: Er war fort. Lutfisk bellte immer noch, und Kate zitterte vor Furcht. *Ich werde untergehen!* Ihre Panik wuchs, doch die Handschuhe hielten sie oben.

Ich bin so müde.

Dann war die Stimme wieder da. Obwohl weit entfernt, hörte sie sich bekannt an. War es Stretch?

»Ich habe einen Ast geholt«, erklärte die Stimme. »Siehst du ihn? Direkt vor deinen Händen!«

Verschwommen erkannte Kate einen langen dicken Ast. »Zieh eine Hand aus dem Handschuh und häng dich an den Ast. Hast du ihn?«

Kates Hand zitterte, doch ihre Finger schlossen sich um das Astende.

»Jetzt die andere Hand. Halt dich fest! Und lass deine Beine gerade! Ich zieh dich heraus.«

Der Ast begann sich zu bewegen, und Kate klammerte sich daran fest. Doch dann, als ihr Körper begann, aus dem Wasser zu gleiten, brach das Eis weg. Wieder merkte Kate, dass sie tiefer ins Wasser sank.

»Lass nicht los!«, warnte die Stimme. »Halt dich fest!«

Kate fragte sich, ob sie es mit ihren tauben Händen überhaupt noch fertigbrachte. Doch da hörte sie wieder die Stimme rufen: »Halt dich fest! Ich versuch es noch einmal!«

Ein zweites Mal brach das Eis. Endlich, beim dritten Versuch, rutschten Kates Arme, dann Bauch, Beine und Füße aus dem Wasser und auf das Eis.

Es hielt.

Kate spürte, dass sie gezogen wurde. Dann hielt, wer auch immer den Ast ziehen mochte, den Ast an. Jemand schlug ihr auf die Wangen. Von weit her rief eine Stimme: »Kate!«

Kate öffnete die Augenlider, obwohl sie schwer wie Blei waren.

»Du bist in Sicherheit«, sagte die Stimme.

Kate schaute in der Erwartung nach oben, Stretch zu erblicken. Stattdessen schwankte Eriks Gesicht verschwommen vor ihren Augen. Selbst durch den Schleier bemerkte Kate die Angst in seinem Blick.

Zitternd versuchte sie zu sprechen. Sie wollte ihm

sagen, dass es ihr leidtat, dass sie behauptet hatte, er habe einen Topfschnitt. Sie wollte sich entschuldigen für jedes böse Wort, das sie jemals gesagt hatte. Doch sie brachte kein Wort heraus.

Erik schien das nicht zu kümmern. »Du bist jetzt in Sicherheit, Kate.«

Sie schloss ihre Augen, als er fortfuhr. »Du musst jetzt laufen. Du musst mit ins Warme kommen.«

»Ich kann nicht«, antwortete Kate, überrascht, dass ihre Stimme funktionierte. Ihre Zähne klapperten. »Ich spüre meine Füße nicht.«

»Ich helfe dir.«

Erik nahm sie bei den Händen und zog sie hoch. »Halt dich an mir fest.« Als er Kates Arm anhob, knackte ihr Ärmel in der Kälte.

Benommen betrachtete Kate ihren Arm und fragte sich, was los war. Doch Erik schob seine Schulter unter ihren Arm und begann zu gehen. Lutfisk lief an ihrer Seite vor und zurück, bis er sie schließlich verließ.

Indem er sie halb zog, halb trug, stieg Erik das steile Seeufer hinauf. Kate rutschte aus, und wieder schob er sich unter ihren Arm. Als sie die Straße erreicht hatten, war Kates langer Zopf ein Eiszapfen. In ihrem steif gefrorenen Mantel zitterte sie am ganzen Körper vor Kälte.

Erik zerrte die taumelnde Kate Richtung Schulgebäude. Als sie einen Teil des Wegs zurückgelegt hatten, sah Kate Anders auf sie zurennen. Das Gesicht ihres Bruders sah bleich aus.

»Was ist passiert?«, fragte er mit einer Stimme, die Kate nie zuvor bei ihm gehört hatte. »Lutfisk hat mich geholt.«

Anders und Erik streckten ihre Hände und kreuzten ihre Arme, sodass sie einen Sitz bildeten, auf dem sie Kate tragen konnten. Als sie sich beeilten, zur Schule zu kommen, erklärte Erik: »Ich hörte Lutfisk bellen.«

»Du bist hinunter zum See gegangen?«, fragte Anders Kate mit ärgerlicher Stimme. »Nachdem die Lehrerin gesagt hat, wir sollten es sein lassen?«

Kates Zähne klapperten so sehr, dass sie nicht sprechen konnte.

»Wie gedankenlos bist du eigentlich?«, rief Anders aus. »Du hättest ertrinken können!«

Tränen stiegen Kate in die Augen. Sie sackte zusammen, doch Erik hielt sie aufrecht.

»Sei still, Anders!«, fuhr er ihn rau an.

In seiner Stimme hörte Kate etwas mitschwingen, das sie nicht einordnen konnte. Im Augenblick war sie einfach froh, dass Anders nichts mehr sagte.

Als sie auf den Schulhof kamen, erblickte Kate ein Pferd und einen Einspänner. *Warum steht er da?* Kate konnte es sich nicht erklären. Sie konnte über ihr Zittern nicht hinausdenken.

Anders wusste, wem das Pferd gehörte. »Frau Ahlstrom ist hier!«

Trotz ihres Elends hörte Kate die Warnung darin. »Wer ist Frau Ahlstrom?«, fragte sie mit klappernden Zähnen.

»Die Schulinspektorin«, antwortete Erik mit besänftigender Stimme.

»Für den ganzen Bezirk«, fügte Anders grimmig hinzu. »Sie besucht alle Schulen. Sie kommt, um sich zu vergewissern, ob die Lehrerin alles richtig macht.«

Kates Schultern begannen zu zittern, sowohl vor Elend als auch vor Kälte.

Trotzdem fuhr Anders fort: »Jetzt bist du in großen Schwierigkeiten!«

Während Kates Arme und Hände zitterten, rollten Tränen über ihre eiskalten Wangen. Doch sie fühlte sich zu schwach, um sie fortzuwischen.

»Sei still, Anders!«, sagte Erik wieder. »Lass sie in Ruhe.«

Die Jungen hatten die Arme immer noch zu einem behelfsmäßigen Sitz gekreuzt und trugen Kate die Stufen zur Schule hinauf.

Als sie zum Eingang kamen, stand Fräulein Sundquist vor der Klasse. Die Lehrerin erblickte Kate und hielt mitten im Satz an.

Alle Kinder schauten nach hinten.

»Lest eure Lektionen«, ordnete Fräulein Sundquist an, während sie auf Kate und die Jungen zuging.

Erik und Anders setzten Kate ab. Ihre Knie waren so schwach, dass sie beinah zu Boden fiel, doch Erik hielt sie fest und verhinderte es.

Statt der strengen Worte, die Kate erwartet hatte, sagte Fräulein Sundquist freundlich: »Komm mit mir«, und zog Kate in den Garderobenraum. »Was ist geschehen? Du wirst ganz blau.« Schnell zog die

Lehrerin Handtücher vom oberen Regal. Dann nahm sie ihren Mantel vom Haken und legte ihn auf die Bank neben Kate. »Du musst dich sofort umziehen«, erklärte Fräulein Sundquist. Dann ging sie hinaus und schloss die Tür hinter sich.

Kates Finger zitterten, als sie ihre eisigen Kleidungsstücke auszog. Der Mantel der Lehrerin war sehr lang, und Kate knöpfte ihn von oben bis unten zu.

Fräulein Sundquist kam mit einem Paar Wollsocken für Kates blau gefrorene Füße zurück. »Wir werden dein Kleid und deinen Mantel am Ofen trocknen«, erklärte sie und half Kate auf die Füße. »Jetzt komm und setz dich so nah wie möglich an den Ofen, ohne dich zu verbrennen.«

Als Kate den Garderobenraum verließ, drehten sich wieder alle Kinder um und starrten sie an. Doch Kate fühlte sich immer noch so verfroren und elend, dass ihr das völlig gleichgültig war. Sie ging zum Holzofen und hockte sich dicht daneben.

Es dauerte lange, bis sie aufhörte zu zittern.

Vor der Klasse setzte Fräulein Sundquist wieder eine strenge Miene auf. »Ich denke, ihr wisst alle, wie ernst das ist. Kate ist noch zu schwach, mit ihr spreche ich später. Ab morgen wird sie den Rest der Woche nach der Schule länger bleiben. Kann mir jemand sagen, warum sie hinunter an den See gegangen ist?«

Als die Lehrerin sich im Raum umschaute, blieben alle still.

Jetzt erst erblickte Kate in einer Ecke hinten im Raum eine Dame. Ihr großer Hut war geschmückt mit einer noch größeren Feder, die sich über die eine Hälfte ihres Gesichts hinunterbog. Kate befürchtete, dass das Frau Ahlstrom wäre. Die Schönheit der jungen Frau überraschte sie.

Während Fräulein Sundquist auf eine Antwort wartete, stellte Kate fest, dass Stretch an seinem gewöhnlichen Platz in der letzten Reihe saß. Für einen Moment trafen sich ihre Blicke. Dann schaute Stretch nach unten.

Als Kate ihn dort in seinen warmen, trockenen Kleidern sah, wurde sie wütend. *Wo bist du hingegangen, als ich durch das Eis brach?*

»Jemand muss etwas wissen«, sagte Fräulein Sundquist, als sich niemand meldete. »Erik? Anders? Was ist geschehen?« Anders sah Erik an.

Erik fühlte sich ungemütlich, doch dann war er es, der antwortete: »Ich hörte Lutfisk bellen.«

»*Lute fisk?*«, fragte Fräulein Sundquist, als wäre sie sich nicht sicher, den Namen richtig verstanden zu haben.

»Der Hund von Anders. Er muss ihm heute zur Schule gefolgt sein. Als ich Lutfisk sah, stand er draußen auf dem Eis. Kate war im Wasser und bewegte ihre Arme hin und her.«

»Und du, Anders?«

»Lutfisk kam und holte mich, dann rannte er Richtung See. Ich lief ihm nach und sah Erik, der Kate zurück zur Schule brachte.«

»Also, Erik. Du hast Kate aus dem Wasser gerettet. Willst du uns erzählen, wie du das gemacht hast?«

Ruhig beschrieb Erik, wie sich alles abgespielt hatte.

Als er zu Ende berichtet hatte, glänzten Tränen in Fräulein Sundquists Augen. »Ich denke, euch allen ist klar, dass Kate ertrunken wäre, wenn Erik ihr nicht geholfen hätte.«

Von ihrem Platz neben dem Ofen beobachtete Kate, dass Erik, verlegen über Fräulein Sundquists Lob, nach unten blickte.

Doch die Lehrerin ergänzte: »Erik, ich danke dir besonders deshalb, weil du nicht kopflos gehandelt hast. Andernfalls wärst du ebenfalls durch das Eis gebrochen. Dann hättet ihr beide ertrinken können.«

Im Klassenraum herrschte daraufhin absolute Stille, und Kate fühlte sich sehr unwohl. In diesem langen ruhigen Augenblick schaute sie zum Ende des Raums.

Während des ganzen Berichts hatte Stretch nicht ein einziges Wort gesprochen. Und Erik hatte ihn nicht einmal erwähnt.

Kate war wütend auf Stretch, so wütend, dass sie am liebsten herausgeschrien hätte: »Deinetwegen wäre ich beinahe gestorben!«

Geräusche in der Nacht

Stretch vermied es, Kate in die Augen zu schauen. Inzwischen hatte sie sich langsam aufgewärmt und begriff den Ernst der ganzen Situation. Abgesehen davon, dass sie fast ertrunken wäre, war da noch etwas anderes.

Als sie nach hinten zu Frau Ahlstrom blickte, fiel Kate ein, was Anders gesagt hatte. »Sie kommt, um sich zu vergewissern, ob die Lehrerin alles richtig macht.« Kate mochte Fräulein Sundquist und wollte ihr keinen Ärger bereiten.

Gerade in diesem Augenblick stand Frau Ahlstrom auf und ging nach vorne. Als sie vor der Klasse stand, drehte sie sich dorthin, wo Kate am Holzofen kauerte. »Kate, ich glaube, du wirst klug genug sein, nicht wieder auf unsicheres Eis hinauszugehen.«

Kates Wangen glühten vor Verlegenheit.

Frau Ahlstrom fuhr fort: »Ich glaube, du wirst dein Leben von jetzt an für wertvoller halten.«

Was meinen Sie damit?, hätte Kate am liebsten gefragt.

Doch die Schulinspektorin des Bezirks hatte sich bereits wieder dem Rest der Klasse zugewandt. »Ich denke auch, dass ihr alle eine Lektion gelernt habt«, sagte Frau Ahlstrom. Dann wurde ihre Stimme weicher. »Erik, ich möchte dir für deine Tapferkeit danken. Es ist selten, dass ein Junge in deinem Alter so schnell denkt und handelt.«

Zur Lehrerin sagte Frau Ahlstrom: »Fräulein Sundquist, ich spreche Ihnen meine Hochachtung für Ihr hervorragendes Umgehen in einer Notsituation aus.«

Kate atmete erleichtert auf.

Bald danach verließ Frau Ahlstrom die Schule. Als ihr Pferd und Einspänner draußen am Fenster vorbeifuhren, knirschten die Räder auf der gefrorenen, ungepflasterten Straße.

Den größten Teil des Tages blieb Kate in der Nähe des Ofens, um sich aufzuwärmen und ihre Kleider und Schuhe zu trocknen. Mehr als einmal schaute sie zu Stretch, um ihn herauszufordern, ihr in die Augen zu blicken. *Wo warst du, als ich Hilfe benötigte?*, dachte sie. Doch sie konnte nicht entdecken, dass er zu ihr herüberschaute.

Nach dem Unterricht war Kates Kleid trocken, und sie zog es wieder an. Ihr Mantel war immer noch feucht und ihre Schuhe durchnässt. Doch Josie und Fräulein Sundquist liehen ihr ihre Strickjacken aus. Kate zog beide übereinander und nahm den Mantel über den Arm.

Auf dem Heimweg stellte Anders sie zur Rede. »Von allem, was du hättest tun können, war das wirklich das Dümmste!«

Kate senkte den Kopf und blickte zu Boden.

»Papa sagt uns, wir sollen verantwortungsbewusst sein, und du gehst hinaus aufs Eis«, fuhr Anders fort. »Was hast du dir dabei gedacht?«

»Ich sah Lutfisk auf dem Eis«, stieß Kate hervor, sie konnte einfach nicht still bleiben. »Ich hatte Angst, er würde einbrechen.«

»Du hättest ihn rufen können. Ein Pfiff, und er wäre vom Eis gekommen.«

»Ich dachte ja auch, er würde kommen. Manchmal gehorcht er mir schon, wie du weißt!«

»Das ist es ja, was ich nicht verstehe«, meinte Anders. »Warum hat er es jetzt nicht getan?«

Kate ging in Gedanken noch einmal die schrecklichen Augenblicke der Panik im Wasser durch. Warum war Lutfisk nicht gekommen? Irgendetwas war geschehen, an das sie sich erinnern musste.

Dann leuchtete in ihren Gedanken ein Bild auf. *Das ist es!*, dachte sie. Kurz bevor das Eis brach, hatte Lutfisk warnend geknurrt. War es geschehen, weil er die Gefahr spürte, in der sich Kate auf dem See befand, oder gab es einen anderen Grund?

Kate fürchtete sich, ihre Gedanken laut auszusprechen. *Ich kann Anders nicht erzählen, dass ich mit Stretch dort hinuntergegangen bin. Ich kann ihm nicht sagen, dass Stretch gesagt hat, der See wäre sicher, und dass ich nicht nachdachte und auf das Eis hinausging.*

Kate dachte mit Schrecken daran, was Anders sagen würde, wenn er es herausfände. Es stand ihr jedoch noch Schlimmeres bevor.

Anders erinnerte sie gerade daran. »Ich mag gar nicht daran denken, was Mama sagen wird, wenn sie hört, dass du durchs Eis gebrochen bist.«

»Besonders, wo Papa gesagt hat, wir sollen ihr helfen«, fügte Lars mit ernstem Blick hinzu.

Kate wusste, dass sie recht hatten. Ihr Magen zog sich vor Furcht zusammen. Die feuchten Schuhe und kalten Füße machten ihr Elend noch größer.

Was kann ich tun?, fragte sie sich zum hundertsten Mal. Der Gedanke daran, was Mama dazu sagen würde, schnürte ihr die Kehle zu.

In diesem Augenblick fasste sie einen Entschluss. »Ich werde Mama nichts davon sagen!«

»Du wirst ihr nichts davon sagen?« Lars blickte sie schockiert an.

»Ich werde ihr den Brief von der Lehrerin nicht geben.«

»Aber dann würdest du lügen!«, rief Lars aus.

Auch Anders blickte verstört. »Du hast keine Wahl, Kate. Du musst es ihr sagen.«

»Warum?«, fragte Kate stolz.

»Warum?« Lars' Augen erinnerten Kate an einen kleinen geprügelten Hund, einen geprügelten, aber auch ärgerlichen kleinen Hund. Für kurze Zeit schien er nach einer Antwort zu suchen. »Weil es ehrlich ist«, beendete er den Gedanken mit triumphierender Miene.

»Ehrlich? Unsinn!« Kate warf ihren schwarzen Zopf über die Schulter. »Ich werde Mama nicht belügen. Ich werde es ihr einfach nicht sagen. Das ist ein Unterschied.«

»Nein, das ist es nicht«, erwiderte Lars. Er war sich seiner Sache sicher.

Doch als Kate ihn mit hoch erhobenem Kopf anblickte, schaute er in eine andere Richtung, als wollte er sie nicht sehen.

»Du kommst damit nicht durch«, warnte Anders.

»Fräulein Sundquist wird Mama in der nächsten Zeit nicht begegnen«, erwiderte Kate grollend. »Bis sie Mama wiedersieht, hat Fräulein Sundquist es vergessen.«

»Jemand anders wird es Mama erzählen«, entgegnete Lars.

»Wer?«, fragte Kate. »Bist du ein Petzer?« Sie klang dabei wie eine Katze, die zum Sprung ansetzte.

Lars schüttelte den Kopf, doch wieder schaute er zur Seite, als habe er eine Fremde vor sich.

»Und du?«, richtete Kate sich an Anders. »Bist *du* ein Petzer?«

»Ach komm, Kate. Du weißt, dass ich kein Verräter bin. Doch Mama wird es von einem Nachbarn hören oder von jemand anders …« Seine Worte verhallten.

Kate fragte sich, ob sie und Anders das Gleiche dachten. Im kommenden Winter würde Mama wahrscheinlich ziemlich viel allein auf der Farm sein.

»Es könnte gehen«, dehnte Anders langsam, als würde er den Ton seiner eigenen Worte nicht mögen.

»Es könnte, aber es sollte nicht«, stellte Lars standhaft fest. »Papa sagt, wir sollen ehrlich sein, egal, was es kostet.«

»Papa sagt dies, Papa sagt das!«, rief Kate ärgerlich aus. »Wenn du *mich* verrätst, dann verrate ich *dich* auch, wenn du etwas anstellst!«

Lars wich zurück, als hätte sie ihn geohrfeigt.

Augenblicklich erkannte Kate, dass sie ihn verletzt hatte. Sie hatte auch etwas zerstört, das immer etwas Besonderes zwischen ihnen gewesen war.

Kate erinnerte sich, wie Lars ihr geholfen hatte, als sie anfangs nach Nordwest-Wisconsin kam. Ihr war klar, dass sie eigentlich erklären sollte, wie leid es ihr tat, doch die Worte blieben ihr im Hals stecken.

Dann war der Augenblick verpasst. Ohne zurückzuschauen, rannte Lars zum Farmhaus los.

»Glaubst du, er wird etwas sagen?«, fragte Kate.

Anders schüttelte den Kopf. Grimmig stieß er hervor: »Doch du hast etwas angefangen, das dir leidtun wird.«

Als sie das Haus erreichten, betrat Kate nicht die Küche, wie sie es gewöhnlich tat. Stattdessen schlüpfte sie durch die Eingangstür die Stufen hinauf in ihr Zimmer. Schnell vertauschte sie die geliehenen Kleidungsstücke mit ihrem Arbeitskleid für jeden Tag.

Was soll ich jetzt tun?, fragte sie sich.

Das Farmhaus besaß zwei Öfen, die Holz brauchten – einen Kochherd in der Küche und einen weiteren, um das Esszimmer zu heizen. Im Winter benutzte die Familie beide Öfen, um feuchte Kleidung zu trocknen. Doch Kate wagte es nicht, ihren Mantel an einen der Öfen zu hängen. Mama würde sich fragen, warum er feucht war.

Stattdessen breitete Kate ihren Mantel aus und zog ihn über das Bodengitter. Diese Öffnung direkt über dem Ofen im Esszimmer ließ Wärme in ihr Schlafzimmer. Dann eilte sie die Treppe hinunter in die Küche.

Lars saß am Tisch, trank Milch und aß Haferflockenplätzchen. Mama schälte Kartoffeln für das Abendessen.

»Lass mich das machen, Mama«, bot Kate sich schnell an. »Setz dich hin und ruh dich aus.«

Mama schaute sie dankbar an. »Danke, Kate. Du bist immer so ein liebes Mädchen.«

Kate lächelte, fühlte sich jedoch alles andere als wohl. Als sie an Mama vorbeischaute, fiel ihr Blick auf Lars. Er hielt hinter seinem Kopf zwei Finger hoch wie Hörner.

Kate drehte Lars den Rücken zu. Sie beugte sich über die Kartoffeln und schälte sie, als dächte sie an nichts anderes in der Welt. In Wirklichkeit überlegte sie, was sie Mama sagen sollte.

Nach einiger Zeit begann Kate: »Ich werde den Rest der Woche jeden Abend später kommen. Ich helfe nach der Schule Fräulein Sundquist.«

Dann erblickte Kate Lars' Gesicht. Er sah völlig schockiert aus. Hinter Mamas Rücken starrte er Kate an und formte mit seinem Mund die Worte: »Du Lügnerin!«

Kate richtete ihre Augen zur Seite, konnte ihr Unbehagen jedoch nicht beiseiteschieben. Zum ersten Mal, solange sie denken konnte, erzählte sie Mama etwas, das sich wahr anhörte, aber dennoch nicht stimmte. *Ich lüge nicht wirklich,* beruhigte Kate sich selbst. *Ich erzähle nur nicht, warum ich der Lehrerin helfe.*

»Es ist schön, dass du helfen willst«, antwortete Mama. »Doch was ist mit deinen Schulaufgaben?«

»Die werde ich abends machen«, versicherte Kate ihr schnell.

»Und dein Orgelspielen?«

»Abends, Mama«, sagte Kate wieder. »Mach dir keine Sorgen, Mama. Ich werde alles fertigbekommen.«

Während des gesamten Abendessens und frühen Abends half Kate, wo sie nur konnte. Nachdem Mama zu Bett gegangen war, schlich Kate nach unten und hängte ihren Mantel über einen Stuhl zum Trocknen. Sie schob den Stuhl so nah wie möglich an den Ofen im Esszimmer. Daneben stellte sie ihre immer noch feuchten Schuhe.

Als Kate in ihr Bett kroch, dauerte es keine Minute, und sie schlief ein.

Mitten in der Nacht wachte sie auf. Eine Zeit lang lag sie halb wach, halb schlafend und lauschte. Diesmal hörte sie kein Geräusch von Stimmen aus dem unteren Zimmer, diesmal war es etwas anderes. Etwas, das ihr wie ein böser Traum vorkam.

Kate ahnte, was sie geweckt haben musste. Sie kannte dieses Geräusch, das sie mehr als jedes andere mit Panik erfüllte.

Scharfe Zähne nagten am Holz in den Wänden! *Nag. Nag. Nag!* Kates Finger ballten sich nervös zu

Fäusten. Dann hörte sie, wie kleine Füße über den Holzfußboden trippelten. *Eine Maus in meinem Schlafzimmer!*

Kate griff nach der Decke und zog sie sich über den Kopf. Lange Zeit lag sie so mit klopfendem Herzen.

»Wach auf, Tina!«, flüsterte sie. Tina hatte ihr Leben lang auf einer Farm verbracht. Vielleicht hatte sie keine Angst. Doch die Fünfjährige schlief weiter, und Kate wollte die Kleine nicht wach rütteln.

Nach längerer Zeit schob Kate die Decke zurück und horchte. Zuerst hörte sie nichts und dachte, die Maus wäre verschwunden. Dann begann das Nagen von Neuem.

Kate riss die Decke so schnell nach oben, dass sie sie am Fußende herauszog. *Sie wird an meine Füße kommen!*

Kate kroch unter der Decke zum Bettende. Sie beugte sich vor und versuchte, die Decke wieder zu befestigen. Unter der Decke schaffte sie es nicht. In der Dunkelheit des Zimmers wagte sie es jedoch nicht, sich auf den Fußboden zu stellen und die Decke wieder dorthin zu stecken, wo sie hingehörte.

Schließlich gab Kate auf und legte sich wieder hin. Sie rollte sich zu einer Kugel zusammen und achtete darauf, dass Kopf und Beine bedeckt waren.

»Was soll ich tun?«, hätte sie beinahe geschrien. Ihr Entsetzen schien jede Minute größer zu werden. »Wenn ich es Mama erzähle, wird sie mir vielleicht sagen, ich soll eine Falle aufstellen.«

Kate hatte die Mausefalle gesehen, die Papa Nordstrom benutzte. Es war eine kleine hölzerne Kiste mit einem kleinen Gitter, damit die Maus den Käse innen riechen konnte. Um an den Käse zu gelangen, musste die Maus eine Rampe hoch und durch ein Loch laufen. Wenn sie durch ein zweites Loch schlüpfte, kam eine Sprungfeder herunter, und sie konnte nicht mehr entkommen.

Kate war sich nicht sicher, was schlimmer war – die Maus zu fangen oder es nicht zu tun. Sie würde die Falle wahrscheinlich ausleeren müssen, die Kiste nach draußen tragen, den Deckel öffnen und die Maus hinauslassen müssen.

In ihrem Versteck unter der Decke überlief Kate ein Schauer. Auf der ganzen Welt konnte sie sich nichts Schlimmeres vorstellen. Was wäre, wenn sie Anders oder Lars bitten müsste, die Falle zu leeren? Dann wüssten sie, welche Angst sie vor Mäusen hatte. Lars war dabei gewesen, als sie einmal gesehen hatte, wie Papa eine Maus fand. Was würde geschehen, wenn Lars ahnte, wie ängstlich sie war?

Kate zitterte, wenn sie nur daran dachte. *Er und Anders würden mich auslachen. Und was würden sie noch tun?*

Wildfire

Am nächsten Morgen in der Schule hörte Kate, wie Anders und Erik sich unterhielten.

»Ihr pachtet die Farm neben uns?«, fragte Anders. Nach seinem Gesichtsausdruck zu urteilen, war das die beste Nachricht, die er seit Langem gehört hatte. »Wann werdet ihr umziehen?«

»In zwei Tagen«, antwortete Erik. »Das Haus ist leer. Wir wollen vor dem Winter hineinkommen.«

Insgeheim freute Kate sich auch. Manchmal, wenn sie in Eriks Richtung blickte, stellte sie fest, dass er sie beobachtete. Dann fragte sie sich, warum er sich scheinbar für das interessierte, was sie machte. Doch sobald sich für Erik eine Möglichkeit bot, sie zu ärgern, war er wieder der Alte.

Als Fräulein Sundquist sie nach vorn rief, erhob Kate sich schwerfällig. Ihre Lederschuhe waren vom Trocknen neben dem Holzofen steif und unbequem geworden. Da sie immer noch etwas feucht waren, gaben sie außerdem quietschende Geräusche von sich.

Langsam ging Kate nach vorne. *Quietsch, quietsch, quietsch,* ließen sich ihre Schuhe laut in der Stille des Raums vernehmen.

Erik war der Erste, dem es auffiel. Als Kate nach hinten blickte, sah sie ihn grinsen. Erik begann zu kichern, und der Junge auf der anderen Seite des

Ganges schaute auf. Als Kate schließlich vorne stand, hörte sie von überall im Raum unterdrücktes Gekicher.

Kates Wangen glühten. Schnell setzte sie sich auf die Bank neben dem Tisch von Fräulein Sundquist. Während sie der Lehrerin etwas vorlas, hatte Kate nur einen Gedanken. *Was wird sein, wenn ich zurückgehe?*

Die anderen Kinder schienen gespannt auf diesen Moment zu warten. Als Kate aufstand, schauten alle Schüler in ihre Richtung.

Kate hielt ihre Knie steif und hoffte, dass ihre Schuhe dann nicht quietschen würden. Ihre Füße hielt sie ebenfalls gerade und stakste durch den Raum.

Doch dann flüsterte Erik ihr zu: »He, Vogelscheuche! Was ist mit deinen Knien los?«

Als Kate ihre Füße bewegte, quietschten ihre Schuhe bedenklich. *Quietsch, quietsch, quietsch.*

Nach jedem Quietschen kam aus allen Ecken Gekicher.

Als Kate ihren Tisch erreicht hatte, setzte sie sich schnell hin, nahm ein Buch heraus und tat, als würde sie lesen. Selbst als Erik sie knuffte, weigerte sie sich hochzuschauen.

Zwei Tage später, am Donnerstag, kam Erik nicht zur Schule, sondern blieb zu Hause, um seiner Familie beim Umzug zu helfen. Am späten Nachmittag gingen Kate und Anders über das Feld, das zwischen ihrem und Eriks Haus lag. Mama hatte Körbe mit Essen fertig gepackt.

Als sie den Wald zwischen den beiden Farmen erreichten, brach die Dämmerung des Novembertags herein. Kate war froh, dass Anders haltmachte, um die Laterne anzuzünden.

Das von den Lundgrens gepachtete Farmhaus besaß unten zwei Räume und darüber ein Dachgeschoss. Erik und sein älterer Bruder John würden im Dachgeschoss schlafen. Ihre jüngere Schwester Chrissy hatte ein Kinderbett in der Küche, und Eriks Papa und Mama hatten ein Bett im vorderen Zimmer.

John hatte die achte Klasse abgeschlossen und arbeitete jetzt mit seinem Vater auf der Farm. Erik und Chrissy aber trafen sich am nächsten Morgen mit Anders, Kate und Lars an der Weggabelung. Von dort gingen sie gemeinsam zur Schule.

Wie immer unterhielten Erik und Anders sich gut miteinander. Während sie vorgingen, beobachtete Kate, wie sie zusammen über irgendetwas lachten. Obwohl Erik sie wegen ihrer quietschenden Schuhe geärgert hatte, wollte Kate gern mit ihm sprechen. In der Geschichte, die Erik Fräulein Sundquist erzählt hatte, gab es Lücken, Lücken, von denen nur Kate etwas wusste. Doch sie wollte Erik keine Fragen stellen, solange Anders dabei war.

Freitag war der letzte endlose Tag, an dem Kate nach dem Unterricht in der Schule bleiben musste. Am Samstagmorgen klemmte sie ihre Notenhefte unter den Arm und brach zum Orgelunterricht auf. Sie verließ das Haus und ging den Fuhrweg mit Lutfisk hinunter, der hinter ihr herlief.

Als sie zur Scheune kam, sah sie, dass Anders sein Pferd Wildfire vor den Farmwagen spannte. »Steig auf!«, rief er, als er fertig war. »Ich bin heute mit der Fahrt zur Molkerei dran. Ich nehme dich ein Stück mit.«

Wildfire, eine schwarze langbeinige Stute mit weißem Stern und vier weißen Söckchen, war sehr temperamentvoll. Als Anders sie nach einem Marktbesuch in Burnett gekauft hatte, war sie zunächst nur an den Sattel gewöhnt. In der Zwischenzeit hatte er die Stute jedoch oft vor den Farmwagen gespannt, um sie daran zu gewöhnen.

»Es ist das erste Mal, dass ich einen Fahrgast mitnehme«, sagte Anders, als Kate auf den Sitz hoch oben im Wagen kletterte. »Nimm die Zügel, während ich sie losbinde.«

»Bist du dir sicher, dass Wildfire schon so weit ist, um mit ihr fahren zu können?«, fragte Kate, unsicher, ob sie eine Fahrt mit einem solch unberechenbaren Pferd unternehmen wollte. Doch der Weg zu ihrer Kirche in Four Corners, einer Ansiedlung südlich von Trade Lake, betrug vier Meilen.

»Jup, sie ist so weit«, sagte Anders, als sie die Zügel nahm. »Halt sie nur fest, während ich einsteige.«

Als er schließlich Platz genommen hatte, nahm Anders Kate die Zügel ab und schlug mit ihnen leicht auf Wildfires Rücken.

Während sie vom Hof der Farm fuhren, rief

Mama ihnen zu: »Denk daran, bei Kaufmann Carlson anzuhalten, Kate!«

Kate nickte und winkte, Anders trieb das Pferd an. Die Stute drehte ihre Ohren hin zum Klang seiner Stimme und lief los, zuerst den Fuhrweg hinunter, dann zur Hauptstraße. Lutfisk stürmte voran.

»Wildfire macht das großartig!«, rief Kate aus.

Anders nickte stolz. »Es brauchte seine Zeit, sie an einen Wagen zu gewöhnen. Doch jetzt ist sie darin sicher.«

Gerade da bemerkte Anders, dass Lutfisk zum Wald flitzte. Er ließ einen langen, scharfen Pfiff ertönen, der die Stille des Novembertags durchschnitt. Augenblicklich blieb Lutfisk stehen und drehte sich um.

Während er zu Kate und Anders zurücksauste, erhöhte er seine Geschwindigkeit. Als er den Wagen erreichte, keuchte er, und seine lange Zunge hing ihm aus dem Maul.

Kate lachte. »Er wedelt so heftig mit dem Schwanz, dass sein ganzes Hinterteil mitwackelt!«

Kurz beobachtete sie, wie Lutfisk dem Wagen seitlich folgte. »Ich wünschte, er würde mir genauso gehorchen wie dir.« Kate wollte immer noch etwas herausfinden, doch sie musste vorsichtig sein, auf welche Weise sie die Fragen stellte. »Erinnerst du dich an den Tag, als ich durchs Eis brach?«

»Jup«, antwortete Anders.

»Als ich rief, hob Lutfisk den Kopf und schaute in meine Richtung. Dann bellte er.«

»Aber er ist nicht gekommen, sagtest du. Das ist seltsam.«

»Seltsam ist es allerdings«, bestätigte Kate. »Noch seltsamer ist: Er hat geknurrt.«

»Lutfisk hat *dich* angeknurrt?« Anders schaute sie ungläubig an.

»Seit meinem ersten Tag auf der Farm hat er mich nie angeknurrt.«

»Seltsam«, murmelte Anders wieder. »Wirklich seltsam.« Dann warf er einen schnellen Blick auf Kate. »Bist du sicher, du sagst mir wirklich alles?«

Plötzlich wurde es Kate ungemütlich. Sie ahnte jetzt, was geschehen war. Doch sie war nicht bereit, Anders zu erzählen, dass Stretch neben ihr gestanden hatte. *Vielleicht hat Lutfisk deshalb geknurrt. Er hat kein Vertrauen zu Stretch.*

»Zeigst du mir, wie man durch die Zähne pfeift?«, fragte sie stattdessen.

Anders lachte. »Mädchen pfeifen so nicht.«

»Warum nicht?«

Seine blauen Augen wurden ernst. »Es ist nicht damenhaft.«

Kate war sich nicht sicher, ob Anders Spaß machte oder nicht. »Wenn ich so pfeifen könnte wie du, würde Lutfisk dann immer kommen?«

»Vielleicht. Vielleicht auch nicht.«

»Er würde kommen«, erklärte Kate, nun entschlossen, dass Anders es ihr beibringen sollte. »Wie machst du das? Wie bekommst du einen so lauten Ton hin?«

Anders zog die Lippen zusammen und blies. Sein langer scharfer Pfiff schnitt durch die Luft. Lutfisk spitzte die Ohren und kam nah an die Seite des Wagens, an der Anders saß.

Kate versuchte, es Anders nachzumachen, doch sie brachte keinen Laut hervor.

»Du machst eine ganze Menge Wind«, stellte Anders fest. Kate beachtete ihn nicht und versuchte es noch einmal. Doch so oft sie auch blies, es ertönte kein Pfiff.

»Siehst du, was ich meine?«, fragte Anders. »Es ist nichts für Mädchen.«

Kate stampfte mit dem Fuß auf den Boden des Wagens. »Warte ab. Ich werde es lernen!«

Anders grinste. »Kann sein, dass du es lernst. Du bist mit Sicherheit ein kleiner Dickkopf.«

»Dickkopf! Wer ist hier ein Dickkopf? Du hast Papa versprochen, uns zu helfen. Mir hilfst du nicht!«

Anders schaute Kate ernst an, der spaßige Ausdruck seiner Augen war verschwunden. »Also gut. Vielleicht musst du es wirklich lernen.«

Er nahm beide Zügel in die linke Hand, um die rechte frei zu haben. »Schau her. Versuch es so.« Er legte Daumen und Zeigefinger zwischen die Lippen und stieß einen weiteren Pfiff hervor.

»Zeig es mir noch einmal«, befahl Kate.

Wieder legte Anders Daumen und Zeigefinger zwischen die Lippen. Sein Pfiff erscholl laut und deutlich.

Kate schaute genau zu und versuchte es mehrere

Male. Doch sie brachte immer noch lediglich einen Luftschwall zustande.

Als Anders lachte, wurde Kate umso entschlossener. Sie warf ihren langen Zopf über die Schulter und blies noch einmal. Diesmal ertönte plötzlich ein Pfiff.

»Ich hab's!«, rief Kate.

Zur Abwechslung war Anders stolz auf sie. »Du bist bestimmt das erste Mädchen in der ganzen Schule, das so pfeift!«

Als sie die Hauptstraße erreichten, zog Anders den linken Zügel an, und Wildfire bog nach Süden ab in Richtung der Molkerei von Trade Lake.

»Ein tolles Pferd, nicht?«, fragte Anders. Er schlug mit den Zügeln, und Wildfire fiel in einen Trab.

Kate lächelte. »Und dazu noch schön.«

Nach einer Woche Nachsitzen fühlte Kate sich heute bedeutend wohler. Fräulein Sundquist hatte sie damit beschäftigt, den Fußboden zu putzen, Regale zu reinigen und Radiermesser glatt zu hämmern. Es war eine Erholung, draußen in der frischen Novemberluft zu sein.

»Mama hat nichts gemerkt«, meinte Kate, als könnte Anders ihre Gedanken lesen.

»Sei dir da nicht so sicher«, warnte er. »Du musst immer noch den Gottesdienst morgen hinter dich bringen.«

»Das wird schon klappen«, antwortete Kate mit zuversichtlicher Stimme.

»Im Ernst«, erwiderte Anders. »Jemand könnte mit Mama sprechen.«

»Dann geben wir ihnen eben keine Gelegenheit dazu. Lass uns gehen, sobald der Gottesdienst vorbei ist.«

Anders sah sie merkwürdig an. »Kate, was ist in dich gefahren?«

Kate spürte, wie sie vor Verlegenheit rot wurde. Sie hob ihr Kinn und sagte: »Ich schütze Mama nur vor unnötiger Aufregung.«

»Du schützt deine eigene Haut.« Anders' Stimme klang grimmig. »Mir gefällt das nicht. Was versuchst du zu verbergen? Außer der Tatsache, dass du durchs Eis gebrochen bist, meine ich.«

Statt ihm in die Augen zu sehen, schaute Kate hinaus aufs Feld, an dem sie vorbeifuhren. Anders war der Sache, die sie wirklich beunruhigte, bedenklich nahe gekommen.

Während sie mit Anders gemeinsam für ein Pferd und eine Orgel gearbeitet hatte, waren sie Freunde geworden. Er war jetzt ein richtiger Bruder. Zum ersten Mal verbarg Kate etwas Wichtiges vor ihm. Es bedrückte sie, doch statt auf seine Frage zu antworten, fragte sie ihn: »Hast du noch irgendetwas von Josies Stier gehört?«

Anders schüttelte den Kopf. »Du versuchst mich abzulenken.«

Doch Kate fragte weiter: »Was werden sie machen?«

Anders zuckte die Schultern. Seine Augen blickten finster. »Sie haben elf Mäuler zu stopfen und kein Fleisch für den Winter.«

»Kann ihr Vater kein Wild schießen?«

»Es gibt hier nicht viel Wild. Früher war das anders. Die Siedler lebten vom Fleisch, das sie erjagten. Jetzt gibt es keins mehr.«

»Wie kommt das?«, wollte Kate wissen.

»Sie haben zu jeder Jahreszeit gejagt, wann immer sie wollten. Und Papa erzählt, dass vor ungefähr fünfundzwanzig Jahren zu viel Holz gefällt wurde. Danach wuchs dichtes Gebüsch hoch.«

»Ja, und?«

»Deshalb kommt kein Wild mehr her. Ich vermute, sie brauchen mehr freie Stellen.«

»Macht Josie sich deshalb Sorgen? Weil auch die Jagd schlecht geht?«

Anders nickte, sein blondes Haar fiel ihm in die Augen. »Hast du irgendeine Idee?«

Kate schüttelte den Kopf. »Nein, leider nicht. Aber Mama wird sie nicht hungern lassen. Sie schickt ihnen bestimmt etwas von unserem Schwein hinüber.«

Während sie noch redete, wurde Kate unwohl zumute. Wenn der Dieb nun noch bei jemand anders stehlen würde? Und wenn ihr eigenes Schwein verschwand?

»Wird nicht reichen«, erwiderte Anders kurz angebunden. »Josie hat eine große Familie. Das Tier muss bald gefunden werden. Bevor der Dieb es verkauft.«

»Oder es aufisst.«

Zweimal hielten sie an benachbarten Farmen, um Milchkannen von dort mitzunehmen.

»Wenn ich die hier fortgebracht habe, fahre ich hinüber«, erklärte Anders.

»Zu Josie? Um zu sehen, was geschehen ist? Oder um Josie zu sehen?«

Anders grinste. »Um zu sehen, was geschehen ist. In der Nähe ihrer Weide gibt es einige sehr dichte Wälder.«

»Könnte der Stier sich selbstständig gemacht haben?«

»Er könnte. Das geschieht sogar häufig. Doch es gibt da etwas, das Josie beunruhigt. Aus irgendeinem Grund will ihr Vater nicht darüber sprechen, was sich wirklich abgespielt hat. Vielleicht befürchtet er, wir würden zu viel reden und den Dieb warnen.«

Als sie auf das Gelände der Molkerei von Trade Lake fuhren, gab Anders Kate die Zügel in die Hand. »Halt sie fest, damit Wildfire sich nicht bewegt, wenn ich hinunterspringe.«

Kate packte die Zügel. Anders band das Führungsseil an eine Befestigungsstange und kam dann zurück, um Kate hinunterzuhelfen.

»Willst du mich den Rest des Weges zu Fuß gehen lassen?«, fragte sie.

»Jup, es wird dir nicht schaden.« Anders setzte sein schiefes Lächeln auf. »Normalerweise gehst du die ganzen vier Meilen zu Fuß.« Am hinteren Teil des Wagens schwang Anders die Kannen herunter und stellte sie auf die Rampe der Molkerei.

Kate wartete, bis er fertig war, bevor sie meinte:

»Du könntest mich hinbringen und immer noch zu Josie fahren.«

Anders schüttelte den Kopf. »Nicht, wenn ich schnell zurück sein will, um Mama zu helfen, wie ich es versprochen habe.«

»Das schaffst du sicher!« Bevor er etwas einwenden konnte, kletterte Kate zurück auf den Wagen.

Anders stöhnte: »Du bist eine Plage! Also gut, halt dich fest. Ich werde mich beeilen und die verlorene Zeit gutmachen.«

Als sie die Molkerei verließen, lenkte Anders Wildfire wieder nach Süden. Sie überquerten eine schmale Brücke, die sich über den Trade River spannte, dann erreichten sie eine offene Straße. Anders schlug leicht mit den Zügeln, und Wildfire fiel in Trab.

»Ich komme im Orgelunterricht ziemlich gut voran«, sagte Kate.

Als sie von Minneapolis auf die Windy Hill Farm zog, hatte Kate gedacht, alles aufgeben zu müssen, einschließlich des Orgelunterrichts, den sie nehmen wollte. Stattdessen besaß sie jetzt ihre eigene Heimorgel. Für Kate war es ein Traum, der wahr geworden war.

»Willst du immer noch eines Tages eine große Organistin werden?«, fragte Anders.

»Ich werde in den ganzen Vereinigten Staaten umherreisen, wie Jenny Lind es tat.«

Es schien lange her zu sein, dass Kate mit Papa Nordstrom über die »schwedische Nachtigall« gesprochen hatte. Jetzt zögerte Kate, Anders ihren Traum mitzuteilen. Doch sie wollte einfach weiterhin hoffen, sie wollte ihren Traum laut aussprechen und glauben, dass er sich erfüllen würde. »Ich möchte Menschen froh machen, so wie Jenny Lind es getan hat, wenn sie sang.«

»Doch statt zu singen, willst du Orgel spielen«, sagte Anders verschmitzt.

Kate bemerkte den Tonfall von Anders, jedoch nicht die Falle, die er ihr stellte. »Jup!«, antwortete sie, so wie Anders es oft tat.

»Also dann vermute ich, ich kutschiere die große Nachtigall von Burnett County herum.«

Als Antwort auf sein Necken schlug Kate ihn auf den Arm. Seine Hände fuhren hoch und die Zügel klatschten auf Wildfires Rücken. Ohne Vorwarnung fiel die Stute in Galopp.

»Jetzt schau bloß, was du gemacht hast!«, murrte Anders und zog die Zügel fest an.

Wildfire jedoch legte die Ohren nach hinten und stürmte die Straße hinunter. »Ruhig, mein Mädchen«, rief Anders. »Ruhig!« Eine tiefe Furche tauchte vor ihnen auf. Anders zog am linken Zügel, und Wildfire machte einen Bogen. Dennoch geriet das rechte Rad in die Furche, und der Wagen schlug hart auf.

Einen Augenblick lang dachte Kate, sie falle vom Sitz. Der Wagen schlug noch einmal hart auf, dann war es überstanden.

Kate stieß erleichtert die Luft aus. Zu ihrer Überraschung sagte Anders stolz. »Jup! Ein tolles Pferd!«

»Fahr langsamer!«, schrie sie, als Wildfire wieder schneller wurde. Sie flogen an den Bäumen vorüber, und Kates Angst steigerte sich. »Halt an!«

Kaufmann Carlsons Laden

»Ich dachte, du wolltest, dass Wildfire sich *in Bewegung setzt.*« Anders sprach die letzten Worte betont langsam aus. Er schaute von der Straße fort und grinste zu Kate hinüber.

Gerade da schlug der Wagen in ein tiefes Loch.

Kate griff nach dem Sitz und hielt sich mit aller Kraft fest. »Hör auf damit!«

Anders zog wieder die Zügel an, und diesmal gehorchte Wildfire. Er schien keineswegs erschreckt zu sein, sondern lachte: »Warst *du* es nicht, die gefahren werden wollte?«

Bevor sich das Pferd wieder in Bewegung setzen konnte, krabbelte Kate vom Wagen. Sobald sie wieder festen Boden unter den Füßen hatte, packte sie ihre Notenhefte und schaute ärgerlich zu Anders hoch. »Du sorgst besser dafür, dass das Pferd sicher ist, bevor du Mama morgen zur Kirche fährst.«

Anders grinste. »Es wird sicher laufen. Ich werde dich einfach da hinsetzen, wo du mir nicht auf den Arm schlagen kannst.«

Kate ballte eine Faust, doch Anders lachte. »Was für ein Theater machst du wegen einer solchen Kleinigkeit!«

Kate richtete sich so hoch auf, wie ihre knapp ein Meter fünfzig es erlaubten. Da Anders das Pferd in Richtung Josies Farm wendete, war ihre Anstrengung allerdings vergeblich.

Kate schlug eine schnelle Gangart ein und erreichte bald die schwedische Ansiedlung Four Corners. An der Kreuzung bog sie ab und kam zu einer Kirche, die am Fuß eines Hügels lag. Die Straße, die daran vorbeiführte, erstreckte sich zwischen den jetzt blattlosen Bäumen wie ein langes Band.

Schon stand Kate auf den Stufen der Kirche und lauschte, wie Herr Peters die Orgel spielte. Die Akkorde, die durch die geschlossenen Fenster drangen, erfüllten die Luft.

Kate freute sich jede Woche darauf, ihn zu hören, um anschließend selbst zu spielen. *Seltsam*, dachte sie. *Seltsam, dass wir genau in die Nähe der ersten handgepumpten Orgel im Bezirk gezogen sind.*

Manchmal fragte sie sich, ob Gott das alles geplant hatte. In diesem Sommer hatte Kate oft über Gott nachgedacht und ihn sogar um Hilfe gebeten. Er war ihr sehr lebendig geworden, doch jetzt schien er weit entfernt zu sein.

Kate wusste, dass diese Veränderung in der vergangenen Woche stattgefunden hatte, als sie aufgehört hatte, die Wahrheit zu erzählen. Der Gedanke beunruhigte sie, und darum schob sie ihn schnell beiseite.

Kate öffnete die Kirchentür, ging hinein und dann leise die Stufen zur Empore hoch. Als sie hinter Herrn Peters stand, beobachtete sie dabei, wie er Orgel spielte. Seine Finger glitten scheinbar mühelos über die Tasten. Seine schwarzen Schuhe berührten leicht die Pedale.

Herr Peters war von Schweden herübergekommen, um am Gustav-Adolf-College in St. Peter, Minnesota, zu studieren. Schließlich war er Chorleiter und Organist in Trade Lake geworden und hatte eine junge Frau aus der Gegend geheiratet.

Jetzt ertönte die schnelle Tonfolge, auf die Kate gewartet hatte. Der linke Fuß von Herrn Peters senkte sich auf die Pedale, und seine Finger liefen die Tonleiter hinab.

Als die Musik sich zu einfachen Akkorden verlangsamte, erblickte Kate plötzlich Erik. Er saß seitlich neben dem hinteren Teil der Orgel und bewegte einen hölzernen Griff hinauf und hinunter. Mit dem Griff wurden Blasebälge aufgepumpt, die Luft in die Orgelpfeifen bliesen, damit sie Töne von sich gaben.

Wie kommt es, dass er hier ist?, fragte sich Kate. Vorher war immer ein anderer Junge da gewesen. Sie dachte nicht gern daran, dass Erik sie ärgern könnte, wenn er sie würde spielen hören.

Als Herr Peters ein weiteres Stück begann, trat Kate näher, um sich die Noten anzuschauen.

Herr Peters hörte sie und drehte sich mit Schwung herum. »Ah, du bist schon da, Kate. Ein bisschen früh. Wie geht es dir heute?«

Kate spielte unbeholfen die erste Tonleiter. Mit jeder Tonleiter wurde es schlimmer. Jedes Mal, wenn sie an Erik dachte, verspielte sie sich.

Schließlich wurde sie von Herrn Peters unterbrochen. »Das kannst du aber besser, Kate. Fang noch einmal an.«

Kate spürte, wie ihr die Röte ins Gesicht stieg. Noch einmal probierte sie die Tonleiter. Es klang noch schlimmer.

Als sie fertig war, rutschte Herr Peters aus der Bank. Er schritt zur anderen Seite der Orgel und sagte: »Warum machst du nicht ein paar Minuten Pause, Erik? Ich pumpe eine Weile für dich.«

Sobald Erik verschwunden war, meinte Herr Peters freundlich: »Kate, versuch doch einmal, an jemanden zu denken, der dich ermutigt, Orgel zu spielen.«

Sofort erinnerte sich Kate an Papa Nordstrom. Schon bald nachdem sie zur Windy Hill Farm gekommen war, hatte er sie in ihrem Wunsch, Organistin zu werden, ermutigt. Wo Papa jetzt wohl war? Arbeitete er in einem kalten, verschneiten Holzfällercamp? Kate wusste: Er wäre lieber zu Hause und würde zuhören, wie sie spielte.

Dann verschwand Herr Peters und begab sich hinunter zum Griff an der Orgel. Kate hörte noch, wie er sie aufforderte: »Jetzt spiel.«

Diesmal glitten Kates Finger sicher über die Tasten. Sie spielte jede Note richtig.

Sie nahm kaum wahr, dass Erik zurückkam und auch Herr Peters zur Orgelbank zurückkehrte. Während Kate ihre geübten Tonleitern und Lieder spielte, spürte sie eine wachsende Begeisterung.

»Du spielst gut«, sagte Herr Peters schließlich. »Sehr gut für jemanden, der erst ein paar Monate Unterricht genommen hat.«

Sein Lob ermutigte Kate. Er fuhr fort: »Du hast ein Ohr für Musik. Du hörst sie in deinen Gedanken, nicht wahr?«

Kate nickte. »Wenn ich spiele, versuche ich mich an die Melodie zu erinnern. Tut das nicht jeder?«

»Nein«, sagte er einfach. »Du tust das, was man *nach Gehör spielen* nennt. Wenn ich dir ein neues Stück gebe, fragst du, wie es klingen soll. Ich spiele es für dich. Du hörst zu und spielst es dann so wie ich. Du lernst nicht wirklich die Noten.«

Kate war verblüfft, doch sie erkannte, dass er recht hatte. Für sie war es die einzige Art zu spielen.

Herrn Peters Lippen formten sich unter seinem Schnurrbart zu einem Lächeln. »Ich bin froh, dass du ein gutes Gehör für Musik hast. Doch wenn du dich darauf verlässt, jemand anders spielen zu hören, wirst du aufhören zu lernen. Von jetzt an werde ich dir kein neues Stück mehr vorspielen.«

Kate war sich nicht sicher, ob ihr diese neue Idee gefiel. »Das würde schwerer sein.«

»Das wird es. Doch wenn du lernst, Noten zu lesen, wirst du viel weiter kommen!«

Er erhob sich, und Kate wusste: Die Stunde war zu Ende. Sie war enttäuscht und wünschte, er würde das Lernen nicht schwieriger machen. Bis jetzt war das Orgelspielen leicht gewesen. Sie wollte die Orgel spielen und tat es einfach. Als sie zur Tür ging, die nach unten führte, rief Herr Peters ihr nach: »Du bist sehr begabt, Kate.«

Sie schaute zurück und sah, dass Erik zugehört hatte. Sie hoffte, er würde sich nicht daran erinnern und sie ärgern.

Die nächsten Worte ihres Lehrers überraschten sie. »Weil du begabt bist, werde ich mehr von dir erwarten.«

Das heißt jede Menge Arbeit!, hätte Kate ihm am liebsten zugerufen. Fast wünschte sie sich, sie hätte keine Begabung für Musik, aber nur fast, nicht wirklich.

Als Kate die Kirche verließ, war die Luft draußen immer noch frisch, aber von der Sonne erwärmt. Kate meinte, nicht auf der ungepflasterten Straße zu laufen, sondern auf der kühlen Luft zu schweben. Nachdem sie an den Häusern von Four Corners vorbeigegangen war, bog sie nach Norden ab.

Kurze Zeit war sie begeistert. »Herr Peters glaubt, ich bin begabt?« Sie sprach es laut aus, damit die Worte sich noch wirklicher anhörten. »Vielleicht werde ich wirklich eine große Organistin!«

Im nächsten Augenblick fühlte sie sich unbehaglich, als sie daran dachte, wie viel sie wahrscheinlich lernen musste und wie hart es vielleicht sein würde.

Gedankenverloren trat sie vor einen Stein und schoss ihn vor sich her. Sie versuchte zu pfeifen, um zu üben, was Anders ihr beigebracht hatte. Manchmal gelang es ihr, dann wieder nicht.

Mitten in einem lauten, deutlichen Pfiff dachte

Kate an ihre Mutter. Mama würde morgen zur Kirche gehen und dort mit Leuten sprechen. Jemand könnte ihr erzählen, was wirklich geschehen war.

Der Pfiff erstarb Kate auf den Lippen. Die Sonne schien sich hinter Wolken zu verstecken.

Schon bald überquerte Kate die Brücke über den Trade River und wandte sich dem großen Gemischtwarenladen von Kaufmann Carlson zu. Meilenweit brachten Indianer aus dem Umkreis ihre Felle dorthin und tauschten sie gegen Fallen oder andere Gegenstände, die sie benötigten.

Kate öffnete die Tür, und ein Glöckchen bimmelte. Nachdem sich ihre Augen an das dämmerige Licht im Laden gewöhnt hatten, erblickte sie einen großen Korb voller Äpfel. Auf der Theke standen Bonbongläser. An einer Wand reihten sich Stoffballen. An einer anderen stapelten sich Eisenwaren.

Als Kate an den Süßigkeiten vorbeikam, wünschte sie sich, einen Penny dafür ausgeben zu können. Stattdessen ging sie weiter in den hinteren Teil des Ladens.

Papa hatte ihr aufgetragen, hier nach Mokassins zu schauen. Wenn die Temperaturen unter null Grad sanken, konnte Kate sie während des Tages über ein Paar selbst gestrickte Socken ziehen. So würde ihr selbst in dem oft frostigen Schulhaus warm bleiben.

In der Vergangenheit hatte Mama immer die Umrisse von Kates Fuß auf ein Stück Papier gezeichnet und dann das Blatt Papier mit zu einem Geschäft genommen, das Schuhe verkaufte. Als ein Angestellter ihr verschiedene Mokassins vorstellte, war sich Kate unsicher, welches Paar sie nehmen sollte.

Wieder läutete die Glocke an der Tür. Kate schaute in den vorderen Teil des Ladens.

Stretch!

Für einen Augenblick erstarrte Kate und hoffte, er würde sie nicht bemerken. Er war seit dem Tag, an dem sie durch das Eis gebrochen war, nicht mehr in der Schule gewesen. Jetzt wollte sie ihm ausweichen.

Sie tat, als sähe sie ihn nicht, und nahm von dem Verkäufer ein weiteres Paar Mokassins entgegen. Als sie nach hinten schielte, stand Stretch neben einem Glas mit Süßigkeiten. Es befand sich kein Deckel darauf.

In einer schnellen Bewegung schoss seine Hand vor, dann wieder zurück. Mit einem Blick, als könne er kein Wässerchen trüben, ließ er seine Hand in die Tasche gleiten.

Kate machte große Augen. *Habe ich richtig gesehen?*

Als der Verkäufer ging, um jemand anders zu bedienen, beobachtete sie Stretch weiter. Noch einmal sah sie seine Hand vor- und zurückschnellen. Diesmal hatte Kate keinen Zweifel.

Sie erinnerte sich jedoch auch daran, wie lässig Stretch lächeln konnte. Es hatte Spaß gemacht, sich mit ihm zu unterhalten, als sie zum See hinuntergingen. Kate begann, Entschuldigungen für Stretch zu suchen. *Er ist nicht wirklich schlecht, wie Anders sagt.*

Dennoch blieb Kate im hinteren Teil des Ladens

und hoffte, Stretch würde gehen. Langsam verstrichen zehn Minuten. Schließlich konnte sie nicht länger bleiben. Mama erwartete sie zu Hause.

Kate nahm die Mokassins, die am besten passten, aber noch so viel Platz ließen, dass ihre Füße wachsen konnten. Sie begab sich nach vorn und bezahlte bei Kaufmann Carlson. Ohne Stretch anzublicken, eilte sie aus dem Laden.

Als Kate zur Straße gelangte, schlug sie eine schnelle Gangart ein, doch ihre Gedanken rasten noch schneller. Es dauerte nicht lange, da hörte sie, wie sich von hinten ein Wagen näherte.

Eine bekannte Stimme rief »Hoo!« zu den Pferden. Dann: »Kate!«

Sie sah hoch zu Stretchs lässigem Lächeln. »Willst du mitfahren?«, rief er hinunter.

Einen Augenblick konnte Kate sich nicht entscheiden. Vorhin im Laden wollte sie nichts mit ihm zu tun haben. Hier im Sonnenlicht schien Stretch harmlos, sogar nett. Und sie hatte noch einen Weg von drei Meilen vor sich.

Kate versuchte, ihr Unbehagen zu verdrängen. *Jeder nimmt hier jeden mit,* sagte sie sich. *Das ist hier auf dem Land so üblich.* Außerdem wollte sie Stretch ein paar Fragen stellen.

Als sie in den Wagen kletterte, lächelte Stretch wieder. Kate wurde erneut klar, warum sie ihn liebenswürdig fand. Sie wusste: Jeder in der Schule empfand das Gleiche. Jeder – außer Anders, Lars und Erik.

»Wo willst du hin?«, fragte Stretch.

»Nach Hause«, antwortete Kate. Nun würde sie eine Gelegenheit haben, ihn zu fragen, warum er fortgegangen war, als sie Hilfe benötigte. »Und du? Was machst du?«

»Ich fahre auch nach Hause.« Stretch wies mit seinem blonden Lockenkopf auf die Wagenladung langer, schlanker Äste. »Ich transportiere Lärchenholz. Hab es als Feuerholz geschnitten. Wo wohnst du eigentlich?«

»Auf der Windy Hill Farm.«

»Gehörst du zu dieser Familie? Aber dein Name ist O'Connell.«

»Jup, und ich bin stolz darauf«, sagte Kate und klang dabei wie Anders. Sie erinnerte sich an ihren ersten Tag in der Schule am Spirit Lake. Anders war gemein zu ihr gewesen. Als er sie als Katherine Nordstrom vorstellte, wollte sie es ihm heimzahlen. Es schien wie ein Sieg, Fräulein Sundquist zu erklären: »Ich heiße Katherine O'Connell!«

Seitdem hatte Kate Papa Nordstrom, ihre neue Schwester und ihre Brüder lieb gewonnen. Von Zeit zu Zeit war sie traurig, dass sie nicht den Namen Nordstrom benutzte. Doch sie wollte sich auch an ihren irischen Vater erinnern.

»O'Connell«, wiederholte Stretch. »Ein eigenartiger Name.«

»Wieso eigenartig? Er ist irisch. Der beste Name der Welt!«

»Irisch?« Stretch schien zu überlegen.

»Jo, sicher«, antwortete Kate, diesmal hörte sie sich wie Papa Nordstrom an.

»Also, dann«, antwortete Stretch, und irgendwie hatten die Worte einen gemeinen Unterton, »hast du mit Harry Blue und Reverend Pickle etwas gemeinsam.«

»Was?«, fragte Kate.

»Ihr seid die Einzigen in ganz Trade Lake, die keine Skandinavier sind!«

»So?«, fragte Kate. »Ich bin stolz darauf, irischer Abstammung zu sein!«

»Stolz? Ach ja?« Stretch nahm beide Zügel in eine Hand und kratzte sich mit der anderen am Kopf, so als denke er angestrengt nach. »Stolz? Dagegen gibt es bestimmt ein Mittel.«

Kate war sich nicht sicher, ob er Spaß machte oder gemein sein wollte. Plötzlich, als er die Zügel wieder in beide Hände nahm, bemerkte sie etwas.

»Wie kommt es, dass deine Hand blau ist?«

»Blau?« Stretch sah verblüfft aus. Er schaute hinunter, nahm die Zügel schnell wieder in die andere Hand und wischte die blaue Hand an seinem Overall ab. Doch die Farbe ließ sich nicht beseitigen.

»Wovon ist das?«, fragte Kate.

Stretchs Blick war nicht mehr lässig, sondern unruhig, wie bei einem Tier, das versucht, sich in Sicherheit zu bringen. Als er sprach, schien er sich zu bemühen, sorglos zu erscheinen. »Muss wohl zu hart gearbeitet haben, als ich die Bäume abgesägt habe.« Wieder wischte er seine Hand an seinem Overall ab.

Er lügt, dachte Kate. *Er lügt nach Strich und Faden.*

Plötzlich schien Stretch nicht mehr so nett zu sein. Plötzlich wollte Kate so weit wie möglich von ihm fort sein. Als sie in der Nähe ein Farmhaus sah, sagte sie: »Lass mich hier aussteigen.«

Stretch hielt die Pferde an, und Kate sprang hinunter. Sie wünschte sich nur eins: dass er schnell davonfahren würde.

Doch als Stretch die Pferde wieder antrieb, fiel Kate ein, was sie ihn hatte fragen wollen. Sie rief laut: »Wo gingst du hin, als ich durchs Eis gebrochen bin?«

Stretch schlug mit den Zügeln und drehte sich nicht um.

»Warum hast du mir nicht geholfen?«, rief Kate ihm hinterher. Doch Stretch schien es nicht zu hören.

Als der Wagen an Kate vorbeirollte, rumpelte er in ein Loch. Für einen kurzen Augenblick sprangen die Äste hoch. Im nächsten Moment fielen sie wieder an ihren Platz. Dieser kurze Augenblick hatte genügt, sodass Kate mehrere hölzerne Kisten auf dem Wagen erblicken konnte.

Während der Wagen über eine Anhöhe holperte, folgte Kate Stretch langsam die Straße hinunter. Ihre Gedanken dagegen rasten weit voraus.

Kisten. Bis zu diesem Aufprall waren sie von den Ästen verdeckt gewesen. *Was versucht Stretch zu verbergen?*

Kate ließ es sich eine Weile durch den Kopf gehen. Schließlich zuckte sie die Schultern. *Vielleicht bilde ich mir nur etwas ein.*

Schatten an der Wand

Als Kate nach Hause kam, dachte sie immer noch an Stretch. Immer wieder kreisten ihre Gedanken um die Frage: *Was befindet sich in diesen Kisten?*

Sie fand Lars und Anders beim Wasserschleppen für das Bad am Samstagabend vor. Um den großen Waschzuber der Familie für Bäder zu füllen, benutzten sie große Wasserkessel, die auf dem Herd mit Holzfeuerung erhitzt wurden.

Während Lars das Feuer schürte, blickte er zu Kate, sagte jedoch nichts.

»Wo ist Mama?«, fragte Kate nach langem Schweigen.

»Sie schläft«, antwortete Lars, so wenig gesprächig, wie er die ganze Woche gewesen war. »Sie hat gesagt, du sollst die Lampen sauber machen.«

Samstags nachmittags war es Kates Aufgabe, die Dochte der Petroleumlampen zurechtzuschneiden und die Glaszylinder abzuwaschen. Normalerweise unterhielt sie sich während dieser Zeit mit Lars. Doch seit fünf Tagen war dieser seltsam still.

Seitdem ich gesagt habe, ich würde Mama nicht erzählen, dass ich durchs Eis gebrochen bin, dachte Kate mit einem unbehaglichen Gefühl.

Tief in ihrem Innern wusste Kate, dass Lars recht hatte. Doch sie wollte es nicht zugeben – nicht einmal vor sich selbst. »Ich schone Mama nur«, sagte sie jetzt zu Lars.

Aber Lars antwortete nicht, und Kate wurde klar, dass ihr unwohles Gefühl nicht dadurch verschwinden würde, dass sie sich verteidigte. Sie seufzte, als sie darüber nachdachte. *Ich kann mich schon selbst nicht mehr leiden.*

In diesem Augenblick erschien Mama in der Küche. Obwohl sie geschlafen hatte, sahen ihre großen blauen Augen müde aus. Ihr goldblonder Haarknoten, der normalerweise oben auf ihrem Kopf thronte, war zur Seite gerutscht.

»Geht es dir nicht gut, Mama?«, fragte Kate.

Mama lächelte. »Ich brauche nur mehr Schlaf wegen des Babys.«

»Mama schläft sonst nie tagsüber«, meinte Kate an Lars gewandt, als Mama wieder gegangen war. »Was machen wir, wenn sie krank wird, während Papa fort ist?«

Lars schwieg weiter, und Kate ergänzte: »Ein Grund mehr, ihr nicht davon zu erzählen, dass ich durchs Eis gebrochen bin. Ich habe das Richtige getan.«

Lars sagte immer noch nichts. Die blauen Augen in seinem sommersprossigen Gesicht spiegelten Beunruhigung wider. Den restlichen Nachmittag und während des gesamten Abendessens kämpfte Kate gegen ihr Unbehagen.

Als sie das Geschirr spülte, holte Anders den großen runden Waschzuber hervor, der für Bäder benutzt wurde. Er setzte den Bottich auf den Küchenfußboden und füllte ihn mit dampfend heißem Wasser.

»Hast du Josie gesehen?«, fragte Kate, als sie und Anders allein in der Küche waren.

»Jup. Sie ist mit mir nach draußen hinter die Scheune gegangen. Wusstest du, dass sie den Stier dort angebunden hatten?«

Kate schüttelte den Kopf.

»Ich habe herausgefunden, warum ihr Vater denkt, dass er gestohlen wurde. Der Stier hatte ein Seil um den Nacken. Ein stabiles Seil, das nicht durchgerieben oder ausgefranst war. Jemand hat es durchgeschnitten!«

»Arme Josie!« Wenn ein Stier fortlief und verlorenging, war das eine Sache. Wurde ein Tier gestohlen, war das etwas ganz anderes.

»Hast du gewusst, dass sie diesen Stier fast zwei Jahre lang gemästet haben?« Anders hörte sich ärgerlich an. »Sie hatten vor, ihn jetzt bald zu schlachten.« Er senkte seine Stimme. »Wir müssen das Tier finden, bevor der Dieb es verkauft.«

Kate hatte einen weiteren Gedanken. »Was ist, wenn der Dieb ihn schlachtet? Könnte Josies Vater ihn dann immer noch wiedererkennen?«

Jetzt schüttelte Anders den Kopf. »Nein. Deshalb müssen wir unsere Augen offen halten.«

»Aber wo sollen wir suchen?«

Anders zuckte die Schultern, seine Stimme klang grimmig. »Ich weiß es nicht. Bei dem geheimnisvollen Fremden haben wir die Sachen hier in der Gegend gefunden. Ein Stier würde wahrscheinlich in einem Gebäude versteckt gehalten werden.«

»Die Leute würden sich mächtig aufregen, wenn wir anfingen, um ihre Scheunen und Ställe herumzuschnüffeln«, antwortete Kate. »Es sähe so aus, als würden wir ihnen nicht trauen.«

»Dazu kommt: Die Leute hier herum sind anständig. Wer hier aus der Gegend würde einen Stier stehlen?« Anders schwieg, während er darüber nachdachte.

Kate begann Teller zu spülen. Nach einiger Zeit brach sie das Schweigen. »Ich habe Stretch heute gesehen.«

Anders schaute überrascht. »Du hast ihn gesehen? Wo?«

»Zuerst im Laden von Kaufmann Carlson. Vielleicht hast du recht.«

»Natürlich habe ich recht«, meinte Anders mit seinem schiefen Lächeln. »Aber im Ernst. Womit habe ich recht?«

»Als du sagtest, ihm sei nicht zu trauen.«

»Aaach jaaa?« Anders dehnte jeden Buchstaben. »Bist du schließlich dahintergekommen? Was hat dich darauf gebracht?«

Als Kate ihm von dem Glas mit Süßigkeiten erzählte, lachte Anders. »Jup. Du hast ihn also beim Stehlen erwischt. Viele Jungen stehlen Süßigkeiten.«

»Du eingeschlossen?«

»Nein. Nicht mehr. Nicht mehr, seit Papa mich verprügelt hat.«

Kate lachte, doch dann stellte Anders eine weitere Frage. »Du hast gesagt *zuerst*. Und wo zum zweiten Mal?«

»Zum zweiten Mal?«

»Wo du ihn zum zweiten Mal gesehen hast?«

Kate war sich nicht sicher, ob sie Anders davon erzählen wollte. Als sie beschrieb, wie Stretch vorbeikam und ihr anbot mitzufahren, wurde sie von Anders unterbrochen.

»Du bist mit Stretch gefahren? Nachdem ich dir gesagt habe, du sollst dich von ihm fernhalten?«

»Hier bietet jeder jedem an mitzufahren!«

»So? Das heißt nicht, dass man es auch tut. Besonders wenn man hübsche blaue Augen hat und langes schwarzes Haar und ein Mädchen namens Kate ist!«

»Was ist falsch daran, ein Mädchen namens Kate zu sein?«

»Nichts!«, erklärte Anders. »Doch es ist eine Menge falsch, wenn ein Mädchen namens Kate sich von einem Jungen namens Stretch mitnehmen lässt! Und außerdem – tu nicht so unschuldig! Du bist nicht erst seit gestern auf der Welt!«

»So ein Unsinn!« Kate widmete sich wieder dem Abwasch. Einen Augenblick später vergaß sie ihren Ärger über den großen Jungen mit dem lockigen blonden Haar, der sie alleinließ, als sie durchs Eis brach. »Wie kommt es, dass du, Erik und Lars die Einzigen sind, die Stretch nicht mögen?«

Anders starrte sie an, als habe sie den Verstand verloren. »Hab ich's doch gesagt: ›Dummes Mädchen!‹« Er stolzierte aus der Küche.

Trotz des Gesprächs mit Anders hatte Kate ihre eigenen Fragen – Fragen, die in ihrem Hinterkopf saßen. *Was befand sich in den Kisten? Und warum hatte Stretch eine blaue Hand?*

Als Kate mit dem Spülen fertig war, kam Tina herein und stieg in den großen, runden Bottich. Kate nahm das Stück selbst gemachte Seife und half dem kleinen Mädchen beim Haarewaschen.

Als Jüngste war Tina immer die Erste, die badete. Dann kam, einer nach dem anderen, jedes Familienmitglied an die Reihe.

»Ich bin froh, dass ich die Zweite bin, die das Badewasser benutzt«, sagte Kate. »Lars macht sich immer so schmutzig.«

Normalerweise redete Tina ohne Pause, wobei sie eine Mischung aus Schwedisch und Zeichensprache verwendete. Heute Abend war sie eigenartig still. Bald hatte sie ihr Bad beendet und schlüpfte in ihren Morgenmantel.

Kate begann Tinas weißblondes Haar abzutrocknen.

Die Kleine machte sich los. »Ich selber!« Sie zeigte auf sich und nahm Kate das Handtuch aus der Hand. Ihre blauen Augen wichen Kates staunendem Blick aus.

»Ist etwas?«, fragte Kate. Vor Mamas Hochzeit mit Papa Nordstrom hatte Kate sich immer eine kleine Schwester gewünscht. Seit sie von Minneapolis auf die Windy Hill Farm gezogen waren, hatte sie Tina lieb gewonnen, obwohl sie in zwei verschiedenen Sprachen miteinander redeten. Mama sprach mit Tina auf Schwedisch, Kate auf Englisch.

Noch einmal zeigte die Fünfjährige auf sich. »Will keine Hilfe.« Dann zeigte sie auf Kate und fügte hinzu: »Lügnerin.«

Kate wich zurück, als habe ihr jemand eine Ohrfeige gegeben. »Ich, eine Lügnerin?«

Tina nickte, ihre blauen Augen sahen sie ernst an. »Lars hat gesagt –« Mitten im Satz schlug sie sich mit der Hand auf den Mund.

»Aha!«, sagte Kate, als sei sie bereit zu einem Boxkampf. »Also hat der Petzer Lars geredet?«

Tina blickte erschrocken. Sie drehte sich um und rannte aus dem Zimmer.

Als die Tür zwischen Küche und Esszimmer Kate ins Gesicht schlug, blieb sie stehen. Die Kleine würde zu Mama laufen. Sie würde nicht sagen, was los war. Doch sie würde sich dicht neben Mama setzen, sodass Kate nichts sagen konnte.

Eine solche *Schwester habe ich also bekommen!*, dachte Kate zum ersten Mal, seit Mama Herrn Nordstrom geheiratet hatte.

Kate versuchte, ihren Ärger fortzuschieben, schüttete heißes Wasser in den Bottich nach, zog sich aus und stieg hinein. Sie zog die Beine an und rutschte so tief wie möglich ins Wasser.

Obwohl sie nicht allzu groß war, fand sie es mit

jedem Mal schwieriger, in den Bottich zu passen. Doch Kate freute sich auf ihr wöchentliches Bad. Normalerweise tat das warme, seifige Wasser gut.

An diesem Abend kamen immer wieder die Gedanken an Lars zurück. »Petzer!«, murmelte Kate laut. »Was passiert, wenn er es Mama erzählt?«

Die ganze Woche über war Lars Kate aus dem Weg gegangen. Jedes Mal, wenn sie zur Schule gingen oder von der Schule nach Hause gingen, rannte er vor oder trödelte hinterher. Das tat Kate weh.

Auf ihrer ersten kalten Fahrt im Matsch zur Windy Hill Farm hatte Lars ihr geholfen. Und als Anders mit ihr auf ihrem ersten gemeinsamen Weg zur Schule nicht gesprochen hatte, sprach Lars mit ihr.

Während Kate ihr langes schwarzes Haar wusch, dachte sie darüber nach. *Lars ist mehr als ein Freund gewesen. Er war ein Bruder. Das heißt, bis jetzt.*

Ein Klopfen an der Tür unterbrach ihre Gedanken. »Bist du bald fertig, Kate?«, rief Mama.

Schnell stieg Kate aus dem Wasser. »In einer Minute!«, antwortete sie, während sie ihren Morgenmantel anzog.

Als Kate ins Esszimmer trat, legte Mama gerade Holz aufs Feuer. Sie richtete sich auf, und Kate konnte sehen, dass Mama allmählich ihre schlanke Taille verlor.

»Tina meint, wir haben nicht mehr miteinander gesungen, seit Papa fort ist«, sagte Mama zu Kate. »Spielst du für uns?«

Kate schaute zu Tina, und die Kleine blickte nach unten.

Es geht ihr nicht um das Singen, dachte Kate. *Sie will nur nicht ins Bett.*

Im vorderen Raum setzte Kate sich an ihre geliebte Orgel und suchte die einfachen Lieder heraus, die sie spielen konnte. Bald stellte sie fest, dass sie recht hatte. Tina sang nur halbherzig mit.

Als Lars sein Bad beendet hatte und in sauberem Hemd und Overall ins Zimmer kam, bemerkte Kate, wie er zu Tina blickte. Das kleine Mädchen grinste, und Kate fragte sich: *Was ist bloß los?*

Sie sangen noch, als auch Anders in sauberen Sachen hereinkam. Seine blonden, jetzt glatten Haare waren noch feucht. Kate hatte nun jedes Lied gespielt, das sie kannte, und wollte von Neuem beginnen. Doch sie fühlte sich so unbehaglich, dass sie aufhörte und auf ihrem Orgelstuhl herumwirbelte.

Diesmal erwischte sie Lars dabei, wie er lange und langsam in Richtung seines Bruders zwinkerte.

Grimmig dachte Kate: *Sie planen etwas. All dieses Gerede von Verantwortung! Reiner Unsinn!*

Zum ersten Mal seit vielen Monaten fühlte sie sich von den anderen Kindern ausgeschlossen. Seit sie und Anders das Geheimnis um den geheimnisvollen Fremden gelöst hatten, war Kate an jedem Plan beteiligt gewesen. Jetzt fühlte sie sich leer vor Einsamkeit.

»Zeit, ins Bett zu gehen, Tina«, sagte Mama.

Tina stand auf, ging hinüber zu Kate und fasste

ihre Hand. In diesem Moment fühlte Kate sich besser. Tina schien wieder die Alte zu sein.

Erfreut über diese Veränderung, zündete Kate eine Kerze an, nahm den Leuchter und führte Tina in die Diele. An den Wänden tanzten schwankende Schatten, während sie die Treppen hinaufstiegen. Als Kate und Tina das Schlafzimmer betraten, das sie miteinander teilten, stiegen aus den Ecken weitere Schatten herauf. Die Dunkelheit der Novembernacht schien sich nach ihnen auszustrecken. Ebenso die Kälte.

Fröstelnd zeigte Kate auf das Bett. »Hüpf schnell hinein, dann singe ich dir noch ein Lied vor.« Das war zu einer Gewohnheit geworden, die der Kleinen half, einzuschlafen.

Doch trotz der Kälte schaute Tina nach den Schatten ringsumher und weigerte sich, ins Bett zu klettern. Sie hatte die Arme um ihren Körper geschlungen und hüpfte barfuß auf und ab.

»Geh ins Bett«, sagte Kate ungeduldig. »Es wird dir nicht wärmer, bevor du hineingehst.«

»Kalt«, sagte Tina, eines der wenigen englischen Worte, die sie kannte. »Kalt!« Das Wort endete mit einem Jammern.

»Du hast recht.« Kate spürte die Kälte. Durch das Gitter im Fußboden war nur ein wenig Wärme vom Holzofen nach oben gedrungen. »Nur eine Minute. Ich bin sofort zurück.«

Kate stellte den Leuchter auf einen kleinen Tisch und eilte hinunter in die Küche. Dort nahm sie ein heißes Bügeleisen vom Herd, wickelte es in eine Decke und eilte zu Tina zurück. »Jetzt werden deine Füße warm.«

Im Dämmerlicht hob Kate die Steppdecke hoch und schob das Eisen zwischen die Flanelllaken, die sie im Winter benutzten. Da stieß sie an etwas.

Als sie aufsprang, kicherte Tina, machte jedoch ein völlig unschuldiges Gesicht.

Kate wollte es nicht darauf ankommen lassen, zog die Decke weg und sah, woran sie gestoßen war – ein kleines hölzernes Kästchen.

Mit einem Band, das um das ganze Kästchen reichte, war darauf eine Seidenblume befestigt. Kate stellte fest, dass die Blume von Mamas altem Hut stammte.

»Eine Überraschung für dich, Tina.« Kate hielt der Kleinen das Kästchen hin.

Aber Tina versteckte ihre Hände hinter dem Rücken. »Schön«, sagte sie. »Du.« Sie zeigte auf Kate.

Jetzt wurde Kate neugierig. Sie stellte das Kästchen auf den Tisch, löste das Band, nahm die Blume herunter und öffnete den Deckel.

Ein weißes Blatt Papier füllte den oberen Teil des Kästchens aus. Kate holte die Kerze näher heran und las die sorgfältig geschriebenen Worte.

Schön von außen!
Doch von innen wie …

Im Halbdunkel blickte Kate argwöhnisch auf das Blatt und fragte sich, ob sie richtig gelesen hatte. Sie schaute sich die Worte genau an. Neugierig nahm sie das Papier hoch. Als sie sah, was darunter lag, kreischte sie nur noch: »Oh, oh, oh!«, und machte einen Satz nach hinten.

Tina kicherte, doch in ihrem Entsetzen nahm Kate es kaum wahr. Wieder schrie sie auf. Auf der Treppe ertönten hastige Schritte. Anders, Lars und Mama stürzten ins Zimmer.

»Was in aller Welt ist hier los?«, fragte Mama.

Kate zitterte. »Oh, es ist schrecklich – so schrecklich!«

Flucht!

Anders und Lars standen an der Tür, und Mama ging auf das Kästchen zu. Schnell sprang Anders vor.

»Eine Minute, Mama.« Er schloss das Kästchen, bevor sie hineinsehen konnte.

»Aber was ist es denn?«, fragte sie.

»Eine tote Maus!«, kreischte Kate. Sie sank auf einen Stuhl, schlug die Hände vor das Gesicht und begann zu weinen.

»Eine tote Maus?« Mama richtete sich zu ihrer vollen Größe auf. »Warum ist in dem Kästchen da eine tote Maus?«

»Oh, ich hätte es nie tun sollen!«, schluchzte Kate.

»*Was* hättest du nie tun sollen, junge Dame?«

Kate biss sich auf die Unterlippe, doch es war zu spät. Mama erwartete eine Antwort.

»Ich wollte verantwortungsbewusst handeln, damit du dir keine Sorgen machst.« Kates Worte endeten in einem Jammern, unterbrochen durch weiteres Schluchzen. »Es tut mir leid, Mama.«

»Was tut dir leid? Ich weiß ja gar nicht, was du getan hast.«

Kate zitterte immer noch vom Anblick der Maus. »Es gibt auf der ganzen Welt nichts, *nichts*, was ich so hasse wie Mäuse!«

»Das verstehe ich«, meinte Mama trocken. »Jetzt sag mir bitte, was das alles zu bedeuten hat.«

Kate holte tief Luft. »Ich bin durch das Eis des Spirit Lake gebrochen.« Beim bloßen Gedanken an das kalte Wasser überlief sie ein Schauer. Dann kehrte ihre Angst zurück: die Angst vor dem dunklen Wasser, die sie packte, als sie das Loch im Eis nicht finden konnte. Doch noch mehr fürchtete sie sich davor, was Mama denken würde.

»Du bist durchs Eis gebrochen und hast mir *nichts davon erzählt*?« Mama sprach in einem Gemisch aus Schwedisch und Englisch.

Kate berichtete stockend die ganze Geschichte.

»Aber warum hast du mir bis jetzt nichts davon gesagt?«, fragte Mama wieder.

»Ich hatte Angst davor, was du sagen würdest«, antwortete Kate kleinlaut.

»Ich hätte gesagt: ›Gott sei gedankt! Du lebst und bist gesund!‹«, rief Mama aus.

Kate wusste: Sie musste alles erzählen. Ihre Stimme hörte sich jetzt noch kleinlauter an: »Deshalb habe ich dir gesagt, ich würde nach der Schule Fräulein Sundquist helfen.«

»Du meinst, du hast mich angelogen«, sagte Mama streng.

Kate biss sich auf die Lippe, um nicht wieder zu weinen, und nickte. »Ja, ich habe dich angelogen, Mama. Es tut mir leid.«

»Es tut dir leid!«, sagte Mama aufgebracht. »Es tut dir leid?« Ihre Stimme nahm mit jedem Wort an

Lautstärke zu. »Du belügst deine Mama, und es tut dir leid? Das ist noch schlimmer, als deiner Lehrerin nicht zu gehorchen! Schlimmer, als zum See hinunterzugehen!«

Kate nickte wie betäubt. Sie hielt den Blick nach unten gerichtet und malte mit dem Zeh ein Muster auf den Boden.

»Ja, Mama. Ich weiß, Mama. Es tut mir leid, Mama.«

Mama seufzte, und als sie wieder sprach, klang ihre Stimme traurig: »Kate, sieh mich an!«

Kate schaute hoch. Im Kerzenlicht sah sie in Mamas Augen Tränen glänzen.

»Ich habe nie gedacht, dass meine Tochter mich belügen würde«, sagte Mama sanft, aber jedes Wort besaß einen schmerzvollen Ton.

Kate schaute wieder nach unten. Sie konnte Mama nicht länger in die Augen blicken.

Doch Mama fuhr fort: »Kate, ich vergebe dir. Doch bitte vor allem Gott um Vergebung. Außerdem wirst du eine Woche lang jeden Nachmittag zwei Stunden in deinem Zimmer verbringen. Du gehst hinein, sobald du aus der Schule nach Hause kommst.«

»Oh, Mama!«, weinte Kate. »Ich bin schon bestraft worden!«

»Du bist für deinen Ungehorsam bestraft worden.« Mamas Stimme klang fest. »Diese Strafe ist für deine Lüge.«

Ohne ein weiteres Wort drehte sie sich um und

verließ das Zimmer. Mit schweren Schritten stieg sie die Stufen hinunter.

Kate sah Lars an. Als er zur Seite schaute, wusste sie, dass er der Schuldige war. »Du hast das geplant!«, warf Kate ihm vor.

»Er machte sich Sorgen um deinen Charakter«, bemerkte Anders, mit einem Anflug von Lachen in seinen Augen.

»Du bist genauso gemein wie er!«, brauste Kate auf. Sie drehte sich zu Tina um. »Du bist auch daran beteiligt!«

Kate starrte sie alle an. »Ich will euch nicht mehr sehen!«

»Ach, komm, Kate«, sagte Anders. »Du weißt, du warst im Unrecht.«

Ohne zu antworten, rannte Kate aus dem Zimmer und lief die Treppe hinunter. Sie griff nach ihrem Mantel, zog ihn über ihren Morgenmantel und eilte nach draußen. Sie wollte allein sein, und sie kannte den besten Platz dafür: eine verborgene Stelle im Heuschober.

Am Montag begann Kates Strafwoche. »Du bleibst jeden Tag zwei Stunden in deinem Zimmer«, erklärte Mama. »Du darfst weder lesen noch Schulaufgaben machen.«

»Nicht mal Schulaufgaben?«

Mamas Gesicht blieb hart. »Du wirst darüber nachdenken, dass Lügen eine ernste Sache ist.«

Und das tat Kate – in den ersten fünfzehn

Minuten. *Es tut mir wirklich leid,* dachte sie und nahm sich vor, nie wieder zu lügen.

Halbherzig begann sie, Handschuhe zu stricken, die Weihnachtsgeschenke werden sollten. Doch nach anderthalb Stunden konnte sie nicht länger stillsitzen. Ruhelos ging sie von einem Fenster zum anderen.

Das Zimmer, das sie und Tina teilten, lag an der vorderen Seite des Hauses. Die Fenster zeigten in zwei Richtungen. Von der einen Seite blickte man auf das Dach des Vorbaus und den Fuhrweg, der vor dem Haus und an der Seite des Hauses entlanglief. Hinter dem Weg lag ein gepflügtes Feld, an dessen entferntem Rand einige große Eichen standen.

Auf der anderen Seite besaß das Zimmer zwei weitere Fenster. Aus einem konnte Kate den Fuhrweg sehen, der sich nach rechts und den Berg hinunter zu den Ufern des Rice Lake gabelte. Dieser Weg führte durch den Wald zur Schule am Spirit Lake.

Dicht vor dem zweiten Fenster an dieser Seite stand eine große Kiefer. Die Äste, die wie die Speichen eines Rades um den Stamm wuchsen, schaukelten sanft im Wind. Die Nadeln sahen weich und einladend aus.

Kate stieß das Fenster auf und untersuchte den Baum. Papa hatte ihr gesagt, es sei eine *weiße Kiefer,* obwohl ihre Nadeln grün waren. Einige Äste wuchsen dicht am Fenster vorbei, sie berührten fast das Haus. Der Ast, der am nächsten lag, sah stabil aus und war leicht zu erreichen. Die folgenden Äste schienen angeordnet wie Stufen, die den Baum hinunterführten.

Kate überlegte. Einige Zeit betrachtete sie die Äste, dann schaute sie nach unten zum Boden.

Der Fuß des großen Baumstamms befand sich nahe der Küchentür und somit in Reichweite von Mamas wachsamen Augen. »Ich könnte an der anderen Seite des Baums hinunterklettern«, sagte sich Kate, während der Gedanke Gestalt annahm. »Keiner würde mich sehen.«

Sie überlegte immer noch hin und her, als Tina klopfte und dann ihren weißblonden Kopf durch die halb offene Tür steckte. »Mama sagt, die Zeit ist um.« Mittlerweile konnte Kate genug Schwedisch, um sie zu verstehen.

Am zweiten Morgen von Kates Strafwoche war die Temperatur für November ungewöhnlich warm; den ganzen Tag über nahm sie zu. In der Schule sprachen die Kinder über diesen Wärmeeinbruch und warteten begierig darauf, dass der Nachmittagsunterricht zu Ende ging.

»Das Eis auf den Seen schmilzt«, erklärte Anders Kate auf dem Weg von der Schule nach Hause.

Als ihre zwei Strafstunden begannen, entdeckte Kate, dass Anders recht hatte. Sie blickte von ihrem Schlafzimmerfenster aus auf den Rice Lake und sah, dass offenes Wasser das Eis umgab.

Kate sehnte sich nur nach einem – an diesem schönen Tag nicht im Zimmer sein zu müssen. Eine

Zeit lang stand sie an dem Fenster, das genau vor der weißen Kiefer lag, und blickte den Stamm hinauf und hinunter. Noch einmal überprüfte sie die Dicke der Äste und die Abstände zwischen ihnen.

Schon in Minneapolis war sie immer gern auf Bäume geklettert. Jetzt war sie begierig darauf, draußen in der Sonne sein zu können.

Ich kann es schaffen, sagte sie sich und schob leise das Fenster hoch. Sie lehnte sich hinaus und schätzte vorsichtig die Entfernung ab. *Ich bin mir sicher, ich kann es schaffen.*

Kate wusste, dass sie es nicht tun sollte. Schnell trat sie einen Schritt zurück, schloss das Fenster und setzte sich aufs Bett. Doch sie blieb dort nur eine Minute.

Langsam, leise schob sie das Fenster wieder hoch. Sie streckte sich nach dem nächstliegenden Ast aus und stellte fest, dass der Abstand nur gering war.

Sie klammerte sich an den Ast, kletterte auf die Fensterbank, streckte ihren Fuß hinunter und ertastete den nächsttieferen Ast. Als sie auf ihn trat, bog er sich unter ihrem Gewicht nach unten. Vorsichtig arbeitete Kate sich zum Stamm vor.

Dort angekommen, krabbelte sie um den Stamm herum auf die Seite, die vom Haus abgewandt lag. Ast für Ast ließ Kate sich am Baum hinunter.

Als sie den Boden erreichte, stand sie hinter dem großen Stamm und schnappte nach Luft. Da sie niemanden erblickte, schlich sie sich über das Gras zum Fuhrweg, der in den Wald führte. Bald schon fiel der

Hügel steil ab, und Kate wusste, dass vom Haus her sie jetzt niemand mehr sehen konnte.

Doch selbst hier war sie nicht sicher. Anders und Lars konnten vorbeikommen. Kate eilte den Weg hinunter und wollte nur eins: Abstand zwischen sich und das Haus bringen.

Ein Stück weit den Schulweg entlang kam sie zur großen Eiche und zu der Gruppe von Birken, an die sie sich gut erinnerte. Rechts von ihr lichtete sich der Baumbestand. Kate verließ den Pfad und bahnte sich einen Weg durch dichtes Unterholz. Dann fand sie den großen Felsen, den sie suchte.

Während sie hinaufkletterte, dachte sie an ihren ersten Tag in der Schule am Spirit Lake. Von hier oben hatte sie den geheimnisvollen Fremden entdeckt. Danach hatte sie niemandem von diesem Felsen erzählt.

Er ist mein besonderes Geheimnis, dachte Kate. Sie hatte das Gefühl, der Felsen gehöre ihr.

Dicht neben dem Felsen, auf der Seite vom Weg abgewandt, fiel der Hügel steil ab. Hohes braunes Marschgras und kleine Bäume erstreckten sich bis hinunter zum Rice Lake. Zurzeit trugen die Bäume keine Blätter, und Kate schaute über sie hinweg nach Westen. Die Sonne schien auf Eis und Wasser.

Eine Zeit lang blieb Kate stehen und war froh darüber, draußen zu sein. Eine warme Brise bewegte ihre Haare, die ihr aus dem Zopf ins Gesicht gefallen waren. Doch allmählich wurde der Wind kühler. Kate drehte sich um und suchte nach Schutz.

Auf dem Boden verstreut lagen kleine Äste einer Eiche, die Papa und Anders im Herbst abgesägt hatten. Als sie die Äste erblickte, hatte Kate eine Idee.

Doch dann bemerkte sie, dass sich die Sonne an diesem Novembernachmittag bereits gefährlich dem Horizont näherte. Es war höchste Zeit, nach Hause zu gehen!

Mit schnellen Schritten machte Kate sich auf den Weg zurück zur Windy Hill Farm. Als sie in den Hof kam, keuchte sie. Leise schlich sie über das Gras, erreichte den Baum, kletterte nach oben und schlüpfte durch das Fenster. Vorsichtig schloss sie es und setzte sich hin, um Atem zu schöpfen.

Nur einen Augenblick später klopfte Tina und stieß die Tür auf.

Kates Strafzeit war für diesen Tag vorüber. Tina hatte jedoch eine Frage, die sie in ihrer Zeichensprache stellte. Auf Kate deutend, fragte die Kleine: »Was tust du?« Das bedeutete: »Was hast du in der Zeit hier oben gemacht?«

Kate spürte, wie sie rot wurde. Sie wollte ihre kleine Schwester nicht belügen.

Doch Tina wartete keine Antwort ab. »Abendessen«, sagte sie, nahm Kate bei der Hand und drängte sie, sich zu beeilen.

Als Kate am folgenden Nachmittag von der Schule kam, war das Wetter immer noch ungewöhnlich warm. Eine Minute lang kämpfte sie mit sich. Aber es dauerte nicht lange, da schlüpfte sie aus dem Zimmer und den Baum hinunter. Wieder machte sie sich auf den Weg zum großen Felsen. Da hörte sie unterwegs eine Kuhglocke.

Sie ging dem Klang nach und entdeckte eine Kuh, die durch die Wälder lief und alles Gras aufknabberte, das ihr in den Weg kam. Kate erkannte die Kuh sofort.

»Bessie!«, rief sie, und die Kuh hob den Kopf. Sie gehörte Josies Familie.

»Was machst du hier?«, fragte Kate, als würde die Kuh antworten können.

Kate sprang auf sie zu und versuchte, das Seil um Bessies Nacken zu erwischen. Doch Bessie wich aus. Kate versuchte es noch einmal, und es gelang ihr.

Als sie das Seil fest gepackt hatte, fragte sie sich, was sie jetzt tun sollte. »Wenn ich dich hierlasse, gehst du wieder verloren«, meinte sie an die Kuh gerichtet. »Es ist schwer zu sagen, wann Josies Familie dich dann finden wird.«

Josie lebte auf der anderen Seite des Waldes, jenseits der Schule am Spirit Lake. »Wenn ich dich nach Hause bringe, kann ich dann rechtzeitig zurück sein?«

Die Kuh ließ ihre braunen Augen rollen, während sie die Antwort muhte.

Kate dachte an den Stier, den die Familie bereits verloren hatte. Seufzend zog sie am Seil. »Du lässt mir keine andere Wahl, alte Bess.«

Als Kate losmarschierte, drehte sich die Kuh in die entgegengesetzte Richtung. Kate zog wieder, doch die Kuh war stur und drehte ihren Kopf hin und her. Ihr großer Körper schien bedrohlich vor Kate aufzuragen.

Einen kurzen Augenblick spürte sie Angst. Obwohl in Minneapolis die Bewohner manchmal Kühe in ihren Höfen hielten, war Kate selten mit ihnen in Berührung gekommen. Gleichzeitig wollte sie jedoch nicht, dass die Familie Swenson noch mehr Schwierigkeiten bekam.

Kate stellte sich so weit wie möglich außer Reichweite der Hufe und zog mit aller Kraft erneut am Seil. »Komm schon, Bessie!«

Diesmal bewegte sich die Kuh Schritt für Schritt langsam in die Richtung, in die Kate wollte. Doch die Kuh kannte nur ein Tempo – ihr eigenes. Kostbare Minuten verstrichen, während Bessie dahertrottete und sich nach jedem Grasbüschel ausstreckte, das am Wegesrand stand.

Kate schien es eine Ewigkeit zu dauern, bis sie Josies Scheunenhof erreichte. Dort fand sie den Vater ihrer Freundin.

»*Tack! Tack!*«, sagte er. Das Wort klang wie das Tack einer Uhr, doch Kate wusste: Es war das schwedische »Danke«.

Schnell machte Kate sich auf den Rückweg. Sobald Herr Swenson sie nicht mehr sehen konnte, begann sie zu rennen. Im Wald war es bereits dämmrig. Als sie zum Rice Lake kam, sah Kate den letzten Zipfel des orangenen Sonnenballs am Horizont verschwinden.

Bei der großen Kiefer angekommen, versuchte sie, Atem zu schöpfen. Immer noch keuchend, kletterte sie den Baum hinauf und schlüpfte durch das Fenster.

Als ihre Füße den Boden des Schlafzimmers berührten, ertönte aus dem Schatten eine Stimme – eine Stimme, die sagte: »Kate!«

Unten im Keller

Kate fuhr herum.

Wieder ertönte Tinas Stimme aus dem Schatten. »Was machst du?« Sie fragte auf Schwedisch. Doch Kate verstand die Worte. Sie hatte sie oft von Anders gehört.

»Du meinst wohl, was machst *du*? Mir nachspionieren?«, erwiderte Kate auf Englisch.

Als ihre Augen sich an das schwache Licht gewöhnt hatten, sah sie Tinas verletzten Blick. Obwohl Tina wahrscheinlich nicht die Worte verstand, schien sie doch den Tonfall zu verstehen. Nie zuvor war Kate so gemein zu der Kleinen gewesen – noch nicht einmal, als sie die Maus entdeckte.

Tinas Unterlippe bebte. Sie zeigte zuerst auf sich, dann zum Fenster und zuletzt zum Ast nach draußen. Dabei schien sie zu fragen: »Nimmst du mich das nächste Mal mit?«

In der Zeichensprache, die sie benutzten, bewegte Tina ihre Hände und Füße, als klettere sie den Baum hinunter. Sie schien zu glauben: »Ich bin groß genug.«

Ärgerlich schüttelte Kate den Kopf.

Tina antwortete auf Schwedisch: »Mama wird böse werden.«

Kate verstand auch diese Worte. Sie legte ihre Finger auf Tinas Lippen, zeigte zur Tür und schüttelte den Kopf. Dann hielt sie ihre Faust hoch und schüttelte sie. »Du wirst nichts verraten, nicht wahr?«

Tina verstand die Botschaft. Ihre Unterlippe bebte wieder, und ihre Augen füllten sich mit Tränen. Sie drehte Kate den Rücken zu und schlich aus dem Zimmer.

Augenblicklich wurde Kate von einem schrecklichen Gefühl erfasst. Doch es war zu spät. Sie konnte die Worte nicht zurücknehmen.

Als Kate am nächsten Tag von der Schule nach Hause kam, war es wieder warm und sonnig. Sie hielt sich gerade am oberen Ast fest und versuchte auf den darunterliegenden Ast zu treten, als sie ein lautes Klopfen an der Tür hörte.

»Kate!«, rief die Stimme. Es war Tina.

Schnell kletterte Kate zurück ins Zimmer. Sie zog das Fenster herunter, da rief Tina erneut.

»Ich komme, ich komme!«, rief Kate zurück. »Was willst du?«, fragte sie, indem sie die Tür öffnete.

Tinas weißblondes Haar hing ihr in Strähnen um das Gesicht, und ihre Augen glänzten. Sie zeigte auf Kate, dann nach draußen, als ob sie sagen wollte: »Komm raus!«

Unten in der Küche hatte Mama einen Korb mit Essen fertiggepackt. »Anders hat mir erzählt, dass Frau Berglund krank ist«, sagte sie zu Kate, als diese unten erschien. »Er spannt Wildfire an. Ich möchte, dass du hinfährst und hilfst, wo es nötig ist.«

»Wer ist Frau Berglund?«, fragte Kate. Sie war

immer wieder überrascht, wie viele Menschen ihre Mutter kannte.

»Sie ist eine Witwe, die allein lebt«, erklärte Mama. »Ihr Sohn arbeitet in St. Paul.«

»Wenn ich gehe, erlässt du mir dann einen Tag meiner Strafe?«, fragte Kate.

»Es tut mir leid, aber so geht das nicht«, erklärte Mama, und Kate wünschte, sie hätte nicht gefragt.

»Wir werden sehen, wie viel du Frau Berglund helfen kannst«, meinte Mama anschließend.

Weil sie befürchtete, Mama könnte ihre Meinung ändern und sie nicht fortlassen, zog Kate schnell ihren Mantel an und eilte aus der Tür.

Auf dem Weg zur Farm sprachen sie und Anders wieder über Stretch.

»Da ist etwas, das mich beunruhigt«, begann Kate. »Letzten Samstag, als ich ihn sah, war seine eine Hand blau.«

»Blau?«, fragte Anders neugierig. »Bist du dir sicher? Vielleicht hast du dir das nur eingebildet.«

Kate dachte daran, was Anders davon hielt, dass sie sich hatte mitnehmen lassen. Darum wollte sie nicht zugeben, dass sie Stretchs Hand aus der Nähe betrachtet hatte. »Ich bin mir sicher«, antwortete sie. »Und zwar seine rechte Hand. Er sagte, er hätte beim Sägen der Bäume hart gearbeitet. Aber davon würde eine Hand nicht blau werden, oder?«

»Nein«, bestätigte Anders. Er sah nachdenklich aus. »Aber wovon würde sie blau werden?«

Ehe Kate noch weiter nachdenken konnte, war die Fahrt schon zu Ende.

Während sie in den Hof der Farm hineinfuhren, erzählte Anders Kate ein wenig über Frau Berglund. »Sie ist alt. Wirklich alt. Ihr Sohn will eigentlich nicht, dass sie hier allein lebt. Aber sie sagt: ›Hier ist mein Zuhause. Ich werde bleiben, solange ich kann!‹ Also hält sie eine Kuh und Hühner und bewirtschaftet einen Garten.«

Frau Berglund empfing sie an der Tür. Mit ihrem weißen Haar und ihren funkelnden Augen lächelte sie wie ein junger Mensch. Die Fältchen um ihre Augen kräuselten sich, als würde sie oft lachen. Sie vermittelte Kate sofort ein Gefühl völliger Geborgenheit.

»*Tack, tack*«, bedankte sie sich mit dem schwedischen »Danke«, als Kate den Essenskorb hineinbrachte. »Aber ihr müsst etwas mit mir essen.«

Schon entdeckte Frau Berglund das Gebäck im Korb. »Genau wie ich dachte. Ich bin mir sicher, die sind für dich und Anders.«

»Aber Mama sagte, ich solle Ihnen helfen«, erklärte Kate.

»Das sollst du auch«, erwiderte Frau Berglund bestimmt. »Es geht mir heute viel besser. Ich kann mich zu euch setzen und mich mit euch unterhalten.«

Sie schlurfte durch die Küche und nahm von einem Regal drei Gläser.

»Ich hole die Milch«, bot Kate sich schnell an. Sie warf ihren Mantel über und wollte zur Tür, da sie erwartete, die Milch würde sich im Brunnen befinden, wie bei ihnen zu Hause.

Aber Frau Berglund hielt sie zurück. »Zu dieser Jahreszeit stelle ich die Milch in den Keller.«

Sie begab sich zur anderen Seite der Küche und deutete auf einen Ring im Boden. Kate zog an diesem Ring und war überrascht, wie leicht sich die Falltür öffnen ließ.

Als die Falltür zurückklappte, erblickte Kate Stufen, die hinunter in die Dunkelheit führten. Einen Augenblick zögerte sie, denn sie fragte sich, ob dort unten wohl Mäuse wären.

»Sie steht auf dem Sims zu deiner Rechten«, wies Frau Berglund sie an.

Kate war klar: Sie musste in den Keller steigen – ob sie wollte oder nicht. Langsam setzte sie ihren Fuß auf die Treppe.

Frau Berglund hielt sie an. »Du nimmst besser eine Kerze mit.«

Während sie wartete, dass die alte Frau eine Kerze anzündete, starrte Kate ins Halbdunkel. Dicht an beiden Seiten der Stufen befanden sich Erdwände.

Frau Berglund gab ihr die Kerze, und Kate leuchtete damit voran. Vorsichtig ging sie die Treppe hinunter. Die Holzstufen knarrten unter ihren Füßen. Etwas, das sich wie eine Maus anhörte, huschte davon. Kate schlug das Herz bis zum Hals.

Sie lauschte, bis das Geräusch verschwand, dann ging sie wohl oder übel weiter. Als sie den Erdboden am Ende der Stufen erreichte, spürte Kate kältere Luft. Sie hielt die Kerze hoch und schaute sich um.

Das schwache Licht reichte nicht weit genug in den kleinen Raum hinein, doch sie vermutete, dass er nur unter die Küche gebaut war. Kate spähte in die Dunkelheit und sah, dass sich auf der einen Seite ein mit Brettern verschlagener Teil und große Behälter befanden. An den anderen Wänden schien ein breiter Sims, ungefähr 60 Zentimeter vom Boden entfernt, zu verlaufen.

Auf dem Sims stand nah zur Treppe ein abgedeckter Eimer. Er sah aus, als enthalte er Milch, und sie nahm ihn hoch.

Als Kate zur Treppe zurückgehen wollte, spürte sie plötzlich einen kalten Luftzug. Sie wunderte sich darüber und drehte sich in die entsprechende Richtung. Ohne Vorwarnung flackerte ihre Kerze und ging aus.

Kate stockte der Atem. Als die Dunkelheit sie umschloss, kam ihre schreckliche Furcht vor Mäusen zurück.

Am liebsten hätte sie die Milch und die nutzlose Kerze fallen lassen. Sie wünschte sich nur noch, in der warmen, sicheren Küche zu sein.

Dann hörte sie Frau Berglunds Stimme: »Kate? Hast du die Milch gefunden?«

Sie drehte sich in Richtung der Stimme und erblickte das Tageslicht auf den oberen Stufen. Indem sie achtgab, die Milch nicht zu verschütten, machte sie einen kleinen Schritt nach vorne. Als sie ihren Weg ertastete, stieß ihr Fuß gegen die unterste Treppenstufe.

Schritt für Schritt eilte Kate hinauf in die Küche. Die Wärme des Küchenherds kam ihr entgegen. Sonnenlicht strömte durch die Fenster.

Während Kate die Milch auf den Küchentisch stellte, kam Anders herein. Er sah sie seltsam an.

Schnell schob Kate die Haarsträhnen zurück, die ihr ins Gesicht gefallen waren. Mit unsicherer Stimme fragte sie Frau Berglund: »Soll ich die Milch eingießen?«

Wieder bemerkte Kate, dass Anders sie seltsam ansah.

Die alte Frau schien das Gleiche wie er zu bemerken. »Kate, wieso bist du so dreckig geworden, als du die Milch geholt hast?«, fragte sie.

Anders grinste. »So ist sie nun mal, Frau Berglund.« Seine Stimme klang todernst.

Kate wischte sich mit der Hand über die Wange. Tatsächlich, ihre Hand war nun schmutzig.

Sie ging zur Waschschüssel, die neben der Küchentür stand, und wusch sich Gesicht und Hände. Dann schüttete sie das schmutzige Wasser nach draußen. Aber ihre Fragen verschwanden nicht so schnell wie das Waschwasser.

»Frau Berglund war früher in der Kirche hier Organistin«, erzählte Anders ihr, als sie zum Tisch zurückkehrte.

»Wirklich?« Kate war froh, jemand anders zu finden, der Orgel spielte. »Warum haben Sie aufgehört?«

Frau Berglund lächelte abwesend und streckte ihre kleinen Hände vor. Die Gelenke der Finger waren dick geschwollen. Einige Finger zeigten in die falsche Richtung, und beide Hände waren seitwärts gebogen.

Kate wurde verlegen, dass sie gefragt hatte. »Das tut mir leid. Was haben Sie an Ihren Händen?«

»Arthritis«, sagte Frau Berglund einfach. »Du brauchst nicht verlegen zu sein. Im Lauf der Jahre sind meine Hände einfach so geworden.«

»Aber ist das nicht schwer für Sie?« Kates Worte sprudelten heraus, bevor sie sie zurückhalten konnte. »Würden Sie nicht gern weiterspielen?«

»Oh ja«, antwortete Frau Berglund. »Von ganzem Herzen möchte ich spielen. Ich möchte spielen für den Herrn.«

»Für den Herrn?«, fragte Kate. Sie hatte noch nie gehört, dass jemand das tat.

»Jo«, bestätigte Frau Berglund und hörte sich dabei so schwedisch wie ihr Name an. »Ich spiele gerne Lieder, die den Menschen helfen, über Gott nachzudenken.«

Sie lächelte, und unter den blauen Augen kräuselten sich ihre Wangen. »Ich hatte immer einen Traum: Ich wünschte mir eine Tochter.«

»Eine Tochter?«, fragte Kate, um mehr zu erfahren.

»Oder jemanden, dem ich beibringen könnte, genauso zu spielen.«

Dann schwieg sie, und auch Kate wurde still.

Sie wünschte sich, sagen zu können: »Ich will für den Herrn spielen.« Doch sie wusste, das stimmte nicht, und so sagte sie nichts.

Selbst Anders verhielt sich ruhig.

Auf dem Nachhauseweg fuhr er wieder schneller, als Kate es mochte.

»Lass das sein!«, rief Kate.

»Was ist los? Bist du ein Angsthase?«

»Natürlich nicht!«, protestierte Kate aus Furcht, was er denken würde, wenn sie ihre Angst zugab. Sie zögerte und suchte nach einem Grund. Schließlich sagte sie: »Es ist nicht gut für Wildfire.«

Anders erwiderte johlend: »Wildfire liebt es. Schau mal.« Er ließ die Zügel sausen. Kates Kopf flog nach hinten, als die Stute plötzlich in Galopp fiel.

Von Panik erfüllt, umfasste sie ihre Füße und klammerte sich an den Wagensitz.

Anders lachte. »Du *bist* ein Angsthase!«

»Nein, das bin ich nicht!«, brauste sie auf. Doch sie umklammerte den Sitz, bis ihr die Finger schmerzten.

Da erblickte sie die herannahende Kurve. »Fahr langsamer!«, schrie sie auf.

Stattdessen trieb Anders die Stute weiter an. Wildfire wurde ihrem Namen gerecht. Sie stürmte voran, schnell wie ein Feuer, das bei starkem Wind über trockenes Gras züngelt.

Kate hielt vor Angst den Atem an und gab keinen Ton mehr von sich.

Schlechte Nachrichten

Kurz bevor sie die Kurve erreichten, zog Anders die Zügel an. Als sie die Ecke sicher umfuhren, erklärte Kate aufgebracht: »Das sage ich Mama!«

»Also haben wir jetzt eine Petzliese«, meinte Anders vorwurfsvoll. »Wer bist du eigentlich, dass du meinst, uns etwas sagen zu können?«

»Wir sollen Mama keine Sorgen machen!«, schrie Kate.

»*Du* hast ihr schon genug Sorgen gemacht!«

Darauf konnte Kate nichts erwidern, denn sie wusste sehr wohl, dass er die Wahrheit sagte. Doch sie blieb nicht lange still. »Bringst du mir bei, mit Wildfire umzugehen?«

»Nein«, antwortete Anders klipp und klar.

»Jetzt, wo Papa fort ist, sollte noch jemand außer dir Bescheid wissen.«

Anders seufzte: »Kate, du bist eine Plage! Ich sagte *nein*.«

Doch ihr Entschluss stand fest. Auf dem ganzen Heimweg ärgerte sie ihn so lange, bis er nachgab.

Als sie an der Windy-Hill-Scheune vorbei hinauf zur Farm fuhren, stieg Anders vom Wagen. In der zunehmenden Dämmerung zündete er eine Farmlaterne an. »In Ordnung, du hast gewonnen.«

Der Ton seiner Stimme war genauso unwillig wie

sein Gesichtsausdruck. »Hilf mir, sie abzuschirren. Schau zu, wie man es macht.«

Zuerst trat Anders auf die eine Seite, dann auf die andere und löste die Riemen, die Wildfire an der Wagendeichsel festhielten. Gemeinsam führten sie das Pferd in den Stall.

Dort brachte Anders Kate bei, wie man den Bauchgurt abschnallt und das Pferdegeschirr herunterzieht. »Bring es nicht durcheinander. Schling es über deinen Arm. Jetzt häng es auf.« Anders deutete mit dem Kopf zu den Haken an der Wand.

Schon stand Kate vor ihrem ersten Problem. Sie reichte nicht an die Haken heran. Also streckte sie sich so hoch sie konnte und warf das Geschirr empor, bis es hängen blieb.

Als Nächstes zeigte Anders ihr, wie man das Zaumzeug abnimmt. »Sei vorsichtig an ihrem Maul. Tu ihr nicht weh, dann wird sie dich mögen.«

Als er seine Hand an Wildfires großen Zähnen entlangführte, fragte Kate sich, ob sie sich jemals so dicht an das Maul der Stute heranwagen würde. Wildfire ließ die Bissstange herausfallen, und Anders nahm das Zaumzeug. Er gab Kate das Halfter und sagte: »Streif es ihr über den Kopf.«

Kate reckte sich hoch auf, schaffte es jedoch nicht.

»Was für ein Knirps du bist!«, neckte Anders. Trotzdem zeigte er Kate, was zu tun war. »Siehst du das Brett dort drüben?«

Kate blinzelte in das schwache Licht. An der Wand neben dem Futtertrog ragte in der Tat ein Brett etwas vor. Kate benutzte es als Stufe, hielt sich an der Kante des Trogs fest und zog sich hoch.

Ihren Arm schlang sie um einen Eckpfosten, reckte sich vor und streifte das Halfter über Wildfires Kopf.

»Gib ihr etwas Hafer«, forderte Anders sie als Nächstes auf. »Lass sie dich kennenlernen.«

Als sie schließlich den Stall verließen, freute Kate sich über das, was sie gelernt haue. Noch mehr freute sie sich, als Anders sagte: »Du bist stark, Kate. Dafür, dass du ein Mädchen bist, meine ich. Kann sein, dass du es schließlich schaffst.«

Von Anders war das ein seltenes Lob.

Am nächsten Morgen ereignete sich etwas, das Kate sogar für eine Weile Josies Stier vergessen ließ.

Wie gewöhnlich trafen Erik und seine Schwester Anders, Kate und Lars auf dem Weg zur Schule. Erik hatte schlechte Nachrichten. »Jemand hat uns bestohlen!«, berichtete er.

Kate blieb mitten auf dem Weg stehen. »Was haben sie mitgenommen?«

»Alle Himbeeren, Erdbeeren und Blaubeeren bis auf das letzte Glas!«, wetterte Erik mit zorniger Stimme.

Kate konnte es kaum glauben. »Euer Obst für den ganzen Winter?«

Erik nickte grimmig. »Und wir haben gepflückt und gepflückt!« Er trat einen Ast aus dem Weg, als würde er seinen Ärger an dem Dieb auslassen.

Während des Sommers hatten auch Kate, Anders und Lars wilde Beeren in den Wäldern um ihre Farm gepflückt. Kate kannte die schrecklichen Stechmücken und ihre Stiche, die noch lange nachher juckten. Sie konnte immer noch die langen scharfen Zweige spüren, die ihre Kleidung zerrissen und schmerzhafte Kratzer auf Armen und Beinen hinterlassen hatten.

»Wir sind sogar mit dem Wagen hinaus in die Heide gefahren«, fuhr Erik fort. »Wir haben alle einen ganzen Tag gepflückt! Jeden Korb hatten wir mit Blaubeeren gefüllt.«

»Und alles eingemacht?«

Eriks Schwester Chrissy antwortete: »Alles, was wir nicht sofort gegessen haben. Jedes Glas ist weg!« Ihr Blick spiegelte ihr ganzes Elend wider. »Mama hat geweint.«

»An dem Tag, an dem ihr umgezogen seid, habe ich gesehen, dass ihr die Gläser in den Rübenkeller gebracht habt«, sagte Kate.

Der Rübenkeller bei Erik war anders als der Keller unter Frau Berglunds Haus. Er ähnelte mehr dem Keller auf der Nordstrom-Farm: ein kleiner dunkler Raum, in die Seite eines Hügels gebaut, die Wände und das Dach aus Erde. An kalten wie an warmen Tagen schützte die Erde die Nahrungsmittel.

»Habt ihr eine Idee, wann es passiert ist?«, fragte Anders.

Erik zuckte die Schultern. »Ich weiß es nicht. Als wir einzogen, haben wir einige Gläser ins Haus gebracht. Genug für eine Woche. Alle anderen haben wir in den Rübenkeller gestellt. Dort frieren sie nicht ein, wenn wir fort sind und das Feuer ausgeht.«

»Also ist seit einer Woche keiner im Keller gewesen?«

Erik schüttelte den Kopf. »Nicht mehr, seit wir eingezogen sind.«

Dann hatte Kate einen weiteren Gedanken. Wie andere Farmerfamilien brachten auch die Nordstroms alles, was sie in ihrem Garten anbauten, in den Rübenkeller. »Was ist mit euren Kartoffeln und Möhren und euren Kürbissen?«

»Sie sind auch weg«, sagte Erik finster. »Die harte Arbeit, das Unkrautjäten und Bewässern! Das Ernten und Einbringen! Und wo sollen wir anfangen zu suchen, um es zu finden?«

Anders und Kate starrten Erik an. Sie wussten: Die Nahrungsmittel konnten überall sein, sogar einfach fortgeworfen in die Wälder.

»Da ist noch etwas«, sagte Erik mit grimmiger Stimme. »Was ist, wenn der Dieb mit den Sachen nicht sorgfältig umgeht? Wenn das Gemüse gefriert, verdirbt es. Was würde es dann nützen, wenn wir es wiederfänden?«

Tief innerlich fühlte Kate Mitleid mit Erik und seiner Familie. Zu dieser Jahreszeit fielen die Temperaturen jede Nacht unter den Gefrierpunkt. Und selbst wenn es tagsüber nur für eine Stunde richtig kalt wurde, konnten die gesamten Nahrungsmittel verderben.

»Gibt es irgendwelche Hinweise?«, fragte sie.

»Nur eine Sache, und die hätten wir beinahe übersehen: Dicht neben der Straße lag ein zerbrochenes Einmachglas. Ich wäre fast auf das Glas getreten. Es sah aus, als wären Blaubeeren darin gewesen.«

Kate hatte Erik noch nie so entmutigt gesehen. Doch sie wussten alle: Das Schlimmste stand ihnen noch bevor. Eriks Vater konnte nicht einfach neues Obst und Gemüse kaufen. Farmerfamilien lebten von dem, was sie anbauten und dann einlagerten.

»Was sollen wir diesen Winter essen?« Erik klang besorgt.

In Kate krampfte sich etwas zusammen. Als wäre es erst gestern gewesen, erinnerte sie sich an das Jahr nach Vati O'Connells Tod. Sie erinnerte sich daran, wie es war, als sie nicht genug Geld für Nahrungsmittel besaßen. Was konnte furchtbarer sein, als zu versuchen, einen ganzen Winter ohne Obst und Gemüse zu durchleben?

»Wir werden euch etwas von unserem Vorrat abgeben«, antwortete sie, denn sie wusste: Mama würde niemanden hungern lassen, wenn sie helfen konnte.

Erik sah sie dankbar an, doch einen Augenblick später fragte er: »Und wenn der Dieb auch zu eurem Rübenkeller kommt? Was ist, wenn er *eure* Nahrungsmittel stiehlt?«

Kate sah den schnellen Blick, den er Anders zuwarf.

»Wer weiß, ob er nicht schon da war!«, rief Anders aus.

»Ich hoffe nicht«, stieß Erik grimmig hervor. »Ich hoffe wirklich nicht.«

Anders blieb mitten auf dem Weg stehen. »Ich geh nach Hause, Kate. Sag der Lehrerin, ich musste noch arbeiten.«

Ohne ein weiteres Wort lief Anders zurück zur Windy Hill Farm.

Auf der Kiefer

Zur Pause tauchte Anders in der Schule auf. »Bis jetzt ist bei uns alles in Ordnung«, berichtete er Kate und Erik. Sie befanden sich draußen auf dem Spielgelände, wo die anderen Kinder sie nicht hören konnten. »Ich habe ein altes Vorhängeschloss gefunden und den Rübenkeller abgeschlossen.«

»Aber was ist mit unserem Schwein?«, fragte Kate mit ungutem Gefühl. Bevor Papa fortgefahren war, hatte er es geschlachtet und in die Sommerküche gestellt. Dort blieb es gefroren, und Anders würde von Zeit zu Zeit ein Stück absägen, damit sie es zubereiten und essen konnten.

Anders sah genauso besorgt aus wie Kate. »Ich konnte kein weiteres Schloss finden. Wenn wir das Schwein mit ins Haus nehmen, taut das Fleisch auf und verdirbt.«

Als die Schule an diesem Nachmittag zu Ende war, hielt das ungewöhnlich warme Wetter immer noch an. *Die letzten beiden Stunden Strafe!* Kate war froh darüber, dass die Woche beinahe vorbei war. – Nachdem Kate am Tag zuvor die Freiheit genossen hatte, empfand sie die Vorstellung, im Haus bleiben zu müssen, besonders schrecklich. Diesmal kämpfte sie nicht eine Sekunde mit sich. Sie schloss ihre Schlafzimmertür, ging zum Fenster und schob es hoch.

Dann ergriff sie den nächsten Ast, stieg hinaus

und kletterte Ast für Ast weiter. Als sie die Kiefer ein Stück hinuntergeklettert war, hörte sie ein Geräusch und blickte nach oben.

Tina! Tina, die nach dem nächsten Ast griff! Tina, die bereit war, aus dem Fenster zu klettern!

Kate erstarrte vor Schreck. Bevor sie sich regen konnte, ergriff Tina auch schon den Ast und schwang sich hinaus.

Doch Tinas Beine waren viel kürzer als Kates Beine, sie reichten nicht bis zum Ast darunter. Tina hing mit baumelnden Beinen in der Luft.

Kate war unfähig zu sprechen oder sich zu bewegen. Doch ihr wurde schlagartig klar, dass etwas geschehen musste. Irgendwie brachte sie es fertig zu rufen: »Halt dich fest, Tina!«

Als sie den Baum wieder hochkletterte, erkannte sie die Angst in Tinas Augen.

»Halt dich fest!«, rief Kate erneut. Die Füße der Kleinen baumelten immer noch in der Luft.

Kate kletterte auf den Ast unter Tina und blickte kurz hinunter zum Boden tief unter ihnen. *Dorthin würde sie fallen.* Kate wurde bei dem bloßen Gedanken schwindlig.

Sie versuchte nicht mehr nach unten zu schauen, und wartete, bis ihr Kopf klarer wurde. Dann legte sie einen Arm um den Ast, an den Tina sich klammerte, und stand langsam auf.

Vorsichtig ging sie auf dem unteren Ast nach außen, der sich unter ihrem Gewicht allmählich hinunterbog. *Was ist, wenn er bricht?*

In diesem Augenblick begann Tina zu zittern. Ihre Beine schaukelten hin und her.

Panik überflutete Kate wie eine Welle. *Wie lange kann Tina sich noch halten?*

Gerade als Kate sie erreichte, kreischte Tina auf. Als sie fiel, fasste Kate mit ihrem freien Arm nach ihr und drückte sie an sich.

Kate rang unter Tinas Gewicht nach Atem. »Halt ganz still!«, warnte sie Tina, denn sie wusste: Sie konnte die Fünfjährige nicht lange halten.

Dann fiel ihr ein, dass Tina nicht genug Englisch verstand.

Kate verharrte kurze Zeit in ihrer Stellung und hielt sich mit aller Kraft fest. Sie fragte sich, ob sie schon allein vor Entsetzen hinunterfallen würde – und Tina mit ihr.

Dann dachte Kate daran, wie Erik mit ihr gesprochen hatte, als er ihr aus dem Eisloch des Sees heraushalf.

»Streck deine Hände nach oben, Tina«, sagte Kate und wollte mit dem Kopf dorthin deuten. Aber sie hatte Angst, selbst diese winzige Bewegung zu machen.

Tina hob ihre Hände nicht empor.

»Greif wieder nach dem Ast.« Kate sprach langsam und versuchte, ihre Stimme ruhig klingen zu lassen.

Tina zitterte, doch sie schien Kate zu verstehen. Während Kate sie hielt, reckte die Kleine sich hoch und umklammerte den Ast.

Kate spürte Erleichterung, als Tinas ganzes Gewicht nicht mehr auf ihrem Arm lagerte. »Zum Stamm«, erklärte sie und hoffte, dass Tina es verstand.

Einen Arm hatte sie um die Kleine geschlungen, mit dem anderen hielt sie sich am oberen Ast fest, dann machte Kate langsam einen Schritt.

Wieder zitterte Tina. Doch sie hangelte sich weiter, Hand für Hand. Kate tastete sich mit den Füßen den unteren Ast entlang.

Es schien eine Ewigkeit zu dauern, doch schließlich erreichten sie den Stamm.

Als Kate Atem schöpfte, kam die Panik wieder. *Ich habe keine freie Hand. Ich kann keinen weiteren Ast greifen, ohne den alten loszulassen.*

Sie war sich unschlüssig, was sie weiter tun sollte. Ihre Furcht lähmte ihr Denken. Doch langsam fiel ihr ein, was sie versuchen konnte. Sie lehnte sich gegen Tina und drückte sie gegen den Stamm. Dann ließ sie langsam Tinas Körper am Stamm hinunterrutschen. Schließlich saß die Fünfjährige auf dem Ast, auf dem Kate mit ihren Füßen stand.

Kate hockte sich hinter Tina und streckte sich zum nächsten Ast aus, der für das kleine Mädchen nahe genug war.

Tina schaute genau zu. Jedes Mal, wenn Kate ihre Position veränderte, setzte Tina ihre Hände und Füße an die Stelle, die Kate gerade verlassen hatte. Schließlich erreichten sie den untersten Ast und ließen sich auf den Boden fallen.

»Oh Tina!«, rief Kate aus und drückte sie so fest, dass das jüngere Mädchen vor Schmerz aufschrie.

Während sie sich auf dem Gras ausruhten, begann Kate zu zittern. Sie hatte immer noch das Bild vor Augen, als Tina am Ast hing und hinunterzufallen drohte.

Kate betastete mit der Hand den Boden und war froh, dass sie und Tina darauf saßen. In diesem Augenblick war Kate sogar dankbar für das tote, braune Herbstgras. Doch ihr Zittern wollte nicht aufhören. Sie war überwältigt von dem, was hätte geschehen können.

Schließlich stand Kate auf. Da sie befürchtete, sie könnte ihre eigene Meinung wieder ändern, ging sie schnell auf das Haus zu. Als sie durch die Küchentür ins Haus trat, folgte Tina ihr auf dem Fuße.

Mama sah aus, als wäre sie gerade vom Mittagsschlaf erwacht. »Kate! Was machst du außerhalb deines Zimmers?«

Bevor Mama ein weiteres Wort sprechen konnte, sagte Kate schnell: »Mama, ich bitte dich um Vergebung.« In ihrer Entschlossenheit, die Wahrheit zu sagen, hörte sich Kates Stimme mutig an.

Mama guckte verblüfft. »Für dein Lügen, Kate?«

»Nein – das heißt, ja.« Kate stolperte über die Worte. Sie hatte fast vergessen, wofür sie bestraft wurde. »Dafür auch.«

Sie warf ihren Zopf über die Schulter und hob den Kopf. »Ich bitte um Vergebung, dass ich den Baum hinuntergeklettert bin, als ich in meinem Zimmer bleiben sollte.«

Mama öffnete den Mund, um zu sprechen. Dann besann sie sich scheinbar eines Besseren, schloss ihren Mund und wartete. Kate schluckte den Kloß im Hals hinunter. »Ich bitte um Vergebung, dass ich etwas getan habe, das Tina versucht hat nachzumachen.«

Mama wurde weiß im Gesicht. »Tina hat *was*?«

»Sie ist aus dem Fenster in den Baum geklettert.«

»Und selbst auch den Baum hinuntergeklettert?«

»Nein, Mama. Sie hing am Baum. Sie konnte den nächsten Ast nicht erreichen.«

Mama ging zu einem Stuhl und setzte sich schnell.

»Es tut mir leid, Mama«, sagte Kate erneut. Ihre Unterlippe zitterte. Tränen schossen ihr in die Augen und liefen über ihre Wangen. Schluchzer, die tief aus ihrem Innern hervorbrachen, schüttelten ihren Körper.

Mama streckte die Arme nach ihr aus. »Oh, Kate!«

Es war kaum genug Platz auf Mamas Schoß. Einen Moment lang dachte Kate: *Ich bin zu alt, um hier zu sitzen.*

Aber Mama roch nach frisch gebackenem Brot und Apfelkuchen. Ihre Arme fühlten sich warm und gut an. Darin geborgen, brach Kate vollends zusammen. »Oh Mama, ich bin so schrecklich!«

»Jo«, sagte Mama ruhig und scheinbar zustimmend. Kate hörte es und begann noch mehr zu weinen.

Doch Mama streichelte Kates Wange, so als denke sie nach. Dann ergänzte sie mit fester Stimme: »Jo, wir sind alle schrecklich, Kate.«

In ihrem Schluchzen vernahm Kate diese Worte, doch es dauerte eine Weile, bis sie die Worte auch wirklich hörte. Dann schniefte sie, lehnte sich zurück und schaute hoch.

»Du bist schrecklich, Mama?« Kate konnte kaum glauben, dass sie richtig gehört hatte.

»Jo, ich bin auch schrecklich, Kate.« Mama gab ihr ein Taschentuch.

»Aber das verstehe ich nicht. Du scheinst immer tadellos zu sein.«

Mama schüttelte den Kopf. »Niemand auf der ganzen Welt ist tadellos.«

»Niemand?«

»Niemand.« Mama war sich da ganz sicher. »Doch weißt du, Kate, Gott hat für uns alle etwas getan.«

Während sie Kate in ihren Armen hielt, erzählte Mama die Geschichte, die Kate schon viele Male gehört hatte. Doch sie war ihr nie so wirklich erschienen.

»Weil er uns liebt, sandte Gott seinen vollkommenen und sündlosen Sohn, um am Kreuz zu sterben. Wenn du etwas Schreckliches oder Verbotenes tust, kannst du sagen, dass es dir leidtut. Du kannst um Vergebung bitten. Jesus *wird* dir vergeben.«

Kate schaute auf, als würde sie sich nicht trauen zu glauben, dass es stimmte.

Doch Mama sprach weiter: »Wenn du ihn bittest,

dein Retter zu sein, nimmt er alle deine Sünde fort. Er rettet dich davon.«

Kate dachte einen Moment darüber nach. »Dann wäre ich nicht mehr so schrecklich?«

»Die Bibel sagt, du wirst weiß und rein, so weiß wie neuer Schnee.«

Irgendwo tief im Innern fand Kate es schwer, Mamas Worten zu glauben. Die Erinnerung an Tina, die im Baum hing, wollte nicht verschwinden. *Tina hätte sterben können. Wie kann Gott so etwas vergeben?*

Da bemerkte Mama Tina, die im Schneidersitz auf dem Boden saß. Als Mama ihren freien Arm nach ihr ausstreckte, kam Tina auf sie zu.

»Es geht ihr gut, Kate«, sagte Mama, die Kates Gedanken zu lesen schien.

Als Mama zu Tina auf Schwedisch sprach, änderte sich ihre Stimme. Kate wusste: Mama ermahnte die Kleine, nicht wieder in den Baum zu klettern.

Nach einer Weile putzte sich Kate die Nase und sagte ruhig: »Ich gehe zurück in mein Zimmer.«

»Wenn du allein sein willst, Kate, gut«, antwortete Mama. »Aber nicht zur Strafe.«

»Nicht zur Strafe?« Kate war überrascht von der Liebe in Mamas Stimme.

»Ich denke, du hattest deine Strafe, als du Tina in diesem Baum gesehen hast. Jetzt lass Gott dir vergeben.«

Gott mir vergeben?, dachte Kate. Doch sie traute sich nicht, es Mama zu sagen.

Das Versteck

Als Kate hochschaute, hing Tina im Baum. Ihre Füße baumelten weit hin und her und suchten nach einem Ast. Doch sie fanden keinen. Ihr Körper zitterte. Ihre Hände lösten sich. Sie fiel durch die Luft und schlug am Boden auf.

Voller Entsetzen erwachte Kate aus ihrem Albtraum. In der Dunkelheit streckte sie tastend ihre Hand aus und suchte nach dem Bett neben ihr. Schließlich fand sie Tinas Arm. Die Kleine schlief fest.

Kates Augen füllten sich mit Tränen. »Es geht ihr gut!« Vor Erleichterung sprach Kate laut und wiederholte diesen Satz immer wieder.

Was, wenn Tina heruntergefallen wäre? Die Erinnerung an die Gefahr, in der die Kleine geschwebt hatte, schien wirklicher zu sein, als zu wissen, dass sie sicher in ihrem Bett schlief.

Eine lange Zeit lag Kate wach, die Hände immer noch vor Angst zusammengepresst. Dann dachte sie an die Worte, die Mama gesagt hatte. »Lass Gott dir vergeben.« Anstatt diese Worte zu verdrängen, dachte Kate darüber nach.

Ich habe so schreckliche Dinge getan. Doch trotzdem hast du mich lieb, nicht wahr, Jesus? Du liebst mich, wie ich bin.

Es tut mir leid, Jesus. Mir tun all die falschen Dinge leid, die ich getan habe. Vergibst du mir?

Im gleichen Augenblick wusste Kate tief in ihrem Innern: *Ja! Du tust es!*

Oft schon hatte Kate von Gottes Liebe und Vergebung gehört. Jetzt waren diese Liebe und Vergebung für sie Wirklichkeit. Es war, als hätte sie ein verfrühtes Weihnachtsgeschenk erhalten.

Lange dachte Kate weiter darüber nach. Dann schlief sie ein. Als sie wieder aufwachte, war Tina schon fort. Das Licht der Morgensonne strömte durchs Schlafzimmerfenster. Kate freute sich, dass es Samstag war. Doch darüber hinaus fühlte sie sich zum ersten Mal seit vielen Tagen innerlich wohl.

An diesem Nachmittag, kurz nachdem Kate von ihrem Orgelunterricht zurückkehrte, kam Lars vom Briefkasten gerannt.

»Ein Brief!«, rief er. »Er ist von Papa!«

Kate, Anders, Lars und Tina versammelten sich um Mama, als sie es sich in ihrem Lieblingssessel bequem machte. Ihre Augen leuchteten, und ein leises Lächeln breitete sich auf ihrem Gesicht aus, als sie den Brief öffnete.

Er war auf Schwedisch geschrieben, und Kate wartete darauf, dass Mama ihn übersetzte.

»Es geht ihm gut!«, erklärte sie den Kindern, während sie weiterlas. »Er vermisst uns alle. Er hat Arbeit gefunden in einem Camp in der Nähe der Eisenbahn.« Mama schaute auf, ihr Gesicht glühte. »Wenn er kann, wird er zu Weihnachten nach Hause kommen!«

Lars und Tina jubelten, doch Anders fragte: »Schreibt er, *wann* er kommt?«

Mama schüttelte den Kopf, Enttäuschung verdunkelte ihre Augen. »Und er schreibt nicht, dass er gewiss kommt. Er schreibt: ›*Wenn* ich kommen kann.‹«

Anders sah ebenso enttäuscht aus wie Mama. Er wagte es kaum zu hoffen, und Kate wusste warum.

»Viele Männer kommen Weihnachten nicht nach Hause«, hatte er Kate einmal gesagt.

»Selbst wenn sie wirklich kommen wollen?«, hatte sie gefragt.

»Wenn es wirklich kalt ist, ist es zu weit, um zu Fuß zu gehen. Oft gibt es aber keine andere Möglichkeit.«

Doch Kate hatte einen Hoffnungsschimmer. »Wenn er in der Nähe der Eisenbahn arbeitet –« Sie stockte, denn sie wusste, wie enttäuscht alle sein würden, wenn Papa nicht kam.

Doch Mama sprach Kates Gedanken aus. »Vielleicht kann er zur Eisenbahnstrecke laufen und einen Zug nehmen. Vielleicht lässt er Dolly und Florie im Camp und kommt zu uns.«

»Ich wünschte, wir wüssten es genau«, meinte Lars kleinlaut.

»Jo«, erwiderte Mama, und Kate war überrascht, wie oft sich Mamas Stimme in diesen Tagen schwedisch anhörte. Als Mama mit Kates irischem Vati verheiratet war, benutzte sie selten das schwedische »Ja«.

Jetzt hellten sich ihre Augen auf. »Lasst uns glauben, dass Papa kommen wird. Lasst uns Weihnachten vorbereiten, als würden wir ihn erwarten. Sollte er nicht kommen, feiern wir Weihnachten zum gleichen Zeitpunkt, wenn er es auch tut.«

Sie sprachen noch über Papas Brief, als Erik an die Tür klopfte. Nachdem sie ihm die gute Nachricht mitgeteilt hatten, gingen er und Anders hinaus in die Scheune. Kate begab sich in den vorderen Raum, um zu üben.

Statt einer Pfeifenorgel, die von einer anderen Person mit der Hand gepumpt werden musste, besaß Kate eine Heimorgel. Während sie die beiden Pedale mit den Füßen auf und ab bewegte, füllte sich die Orgel mit Luft – und ihr Kopf mit Fragen. Sie wollte Erik immer noch nach den Ereignissen an dem Tag fragen, an dem sie durch das Eis gebrochen war.

»Er ist nett«, sagte sich Kate und versuchte, die Erinnerung an das dunkle, kalte Wasser beiseitezuschieben. »Er gibt auf mich acht.« Mehr als einmal hatte sie bemerkt, dass Erik ihr Bestes wollte.

Erik sah immer noch besorgt aus. Kate wusste: Er dachte an das gestohlene Obst und Gemüse.

Sie legte die Finger auf die Elfenbeintasten der Heimorgel und begann zu spielen. Herr Peters hatte ihr Weihnachtslieder zum Üben mitgegeben. Plötzlich hatte sie eine Idee. Sie konnte »Stille Nacht« lernen und Papa damit überraschen.

Kate ging die Noten für die rechte Hand durch, bis sie ohne Fehler spielte. Die letzte Zeile mochte sie besonders: »Schlaf in himmlischer Ruh.«

Als Kate die Akkorde für die linke Hand übte, kamen die Jungen von der Scheune herein. Sofort hörte sie auf zu spielen.

»He Kate, wir möchten dich hören«, rief Erik.

»Jo, Kate«, stimmte Anders ein. Er verbeugte sich und vollführte mit seiner rechten Hand einen Schnörkel. »Erik, weißt du eigentlich, in welcher Gesellschaft wir uns zu befinden das Vergnügen haben?«

Erik grinste, schüttelte aber den Kopf.

Anders senkte seine Stimme, sodass sie etwas steif und erwachsen klang. »Herr Lundgren, ich habe das Vergnügen – wohlgemerkt, das Vergnügen –, Ihnen Fräulein Jenny Lind vorzustellen.«

»Du bist ein *gemeiner* Bruder!«, stieß Kate hervor. »Ich habe nie gesagt, dass ich Jenny Lind bin!«

»Entschuldigen Sie!« Anders räusperte sich.

Er warf die Schultern zurück, richtete sich so hoch wie möglich auf und hob das Kinn. »Eine Korrektur bitte!«, kündigte er an. »Dies ist *nicht* Fräulein Jenny Lind. Doch hören Sie die unfassbare Qualität ihres Spiels. Sie *spielt*, wie Fräulein Lind *singt*.«

Während Kate sich fragte, was Erik denken mochte, spürte sie, wie ihr die Röte der Verlegenheit in die Wangen stieg. Laut sprudelte sie heraus: »Anders Nordstrom, vergiss es!«

Schnell blickte sie verstohlen in Eriks Richtung. Er schüttelte über Anders den Kopf und sagte ihm, er solle aufhören.

Anders achtete nicht darauf. Sein Kinn immer

noch hoch in der Luft, redete er weiter. »Und eines Tages – hören Sie – eines Tages wird Katherine O'Connell Nordstrom reisen. Sie wird um die ganze Welt reisen und Orgel spielen.«

Kate hielt es nicht länger aus. »Ich *bin* keine Nordstrom. Ich werde euren Namen *nicht* verwenden! Und ich hasse dich, hasse dich, hasse dich!« Sie wirbelte auf dem Stuhl herum, drehte sich zur Orgel und verbarg ihr Gesicht in den Händen.

»Hör auf, Anders!«, sagte Erik mit leiser Stimme. »Das ist etwas, was Kate wichtig ist.«

Doch Anders war nicht zu bremsen. »Zuhörer von einem Ende des Landes bis zum anderen, ja, sogar von einem Ende der Welt bis zum anderen –«

Plötzlich hörte Kate einen lauten Aufprall. Als sie sich blitzschnell auf ihrem Stuhl herumdrehte, rauften sich die Jungen am Boden.

Erik hat ihn umgestoßen!, vermutete Kate mit Genugtuung. »Gib's ihm, Erik!«, rief Kate aus. »Verhau ihn!«

Aber im selben Augenblick stand auch schon Mama in der Tür. »Was in aller Welt ist hier los!«, rief sie aus. »Raufen in der Stube! Hört ihr wohl auf!«

Sofort trennten sich die beiden Jungen. Erik sah ebenso verlegen aus, wie Kate sich gefühlt hatte, als Anders sie ärgerte.

»Ich dachte wirklich, ihr Jungen wäret gescheiter! Wenn ihr nichts Besseres zu tun habt, könnt ihr dieses Zimmer schon mal für Weihnachten putzen.«

Hinter Mamas Rücken zwinkerte Anders Kate langsam zu. Kate streckte ihm die Zunge heraus. Doch Erik lief unter Mamas Blick rot an.

Mama ließ sie alle Möbel ins Esszimmer räumen, dann befahl sie: »Rollt den Teppich auf.«

Selbst Anders bewegte sich schneller als gewöhnlich.

Die Jungen trugen den Teppich hinaus und hängten ihn über die Wäscheleine. Mama besorgte einen Teppichklopfer und stellte Anders an die Arbeit. Jedes Mal, wenn er auf den Teppich schlug, flogen Staubwolken in die Luft.

Erik half Kate, den Boden zu fegen und dann zwei bis drei Zentimeter hoch frisches Stroh auszulegen. Als Mama hinaus in die Küche ging, flüsterte Erik Kate zu: »Ich wollte sie nicht zornig machen.«

Kate kicherte. »Ich habe noch nie gesehen, dass jemand Anders zu Boden geworfen hat.«

Erik grinste. »Wir sind uns ziemlich ebenbürtig.«

»Du hättest gewonnen, wenn Mama euch nicht auseinandergebracht hätte«, erklärte Kate.

»Meinst du?« Das Grinsen reichte bis zu seinen Augen. Dann sagte er ernst: »Es tut mir leid, Kate.«

»Es tut dir leid?«, fragte Kate.

»Was Anders gesagt hat.«

Zum ersten Mal fragte sich Kate, wie oft Erik sie ärgerte, weil Anders ihn dazu aufstachelte. Dann erkannte sie noch etwas anderes. »Anders hat dich als Vorwand benutzt.«

Erik sah erleichtert aus. »Ich bin froh, dass du

es so siehst. Ich würde auch nicht wollen, dass Anders *mich* wegen meines Gesangsunterrichts aufzieht.«

»Du nimmst *Gesangsunterricht*?«, fragte Kate.

Erik nickte, sein Gesicht wurde rot. »Als Entgelt dafür, dass ich für Herrn Peters die Orgel pumpe. Ich habe noch keinem etwas davon erzählt.«

»Hab keine Sorge. Ich erzähle Anders nichts«, versprach Kate.

»Was erzählst du mir nicht?«, fragte Anders, der hereinkam.

Aber Kate antwortete nicht, also ging Anders wieder hinaus. Schnell stellte sie die Frage, die sie seit einiger Zeit beunruhigte. »Als ich durch das Eis gebrochen war –«. Kate stockte, als sie sich an das schreckliche Erlebnis erinnerte, dann fuhr sie fort: »Wie kam es, dass du wusstest, dass ich Hilfe benötigte?«

»Ich habe dich mit Stretch fortgehen sehen«, erwiderte Erik kurz.

»Also bist du uns gefolgt?«

Erik sah verlegen aus. »Ein ganzes Stück hinter euch.«

»Warum?«, fragte Kate, obwohl sie wusste, dass sie sonst ertrunken wäre.

Erik antwortete nicht sofort. Nach einiger Zeit erklärte er: »Weil du halt ein Mädchen bist.« Dann fügte er hinzu: »Ich traue Stretch nicht.«

»Aber warum hast du der Lehrerin nichts gesagt? Hattest du Angst, ihn zu verraten?«

»Nein.« An dem Klang seiner Stimme erkannte Kate, dass er die Wahrheit sagte.

»Warum dann?«

Als Erik antwortete, sah er wieder verlegen aus. »Wegen etwas, das Papa sagt.«

»Dein Papa?«

»Jup. Er sagt: ›Glaube an jemanden, bis man dir das Gegenteil beweist.‹«

»So?« Kate war sich nicht sicher, ob sie verstand, was Erik meinte.

»Wenn es um Stretch geht, denke ich immer etwas Schlechtes. Ich denke, er lief davon, als du Hilfe nötig hattest. Doch als ich bei dir ankam, war er bereits fort. Ich konnte es nicht beweisen.«

»Du wusstest es nicht, bis ich es dir sagte?«

»Ich wollte schon die ganze Zeit mit Stretch darüber reden«, antwortete Erik. »Doch er ist nicht wieder zur Schule gekommen.«

Trotz allem, was geschehen war, wollte etwas in Kate Stretch immer noch verteidigen. »Warum denkst du immer etwas Schlechtes über ihn?«

Erik senkte seine Stimme. »Sein Vater betrog meinen Vater. Papa konnte es nicht beweisen. Darum mussten wir auf die Farm ziehen, auf der wir jetzt leben.«

Als Anders mit Teppichklopfen fertig war, legte er gemeinsam mit Erik den Teppich auf das saubere Stroh.

Mama beaufsichtigte und begutachtete ihr Werk. »Noch ein bisschen mehr hierüber«, ordnete sie an, denn sie wollte, dass der Teppich rechtwinklig im Zimmer lag. Schließlich war sie zufrieden.

»Nun, meine Herren, bringt bitte die Möbel zurück.« Plötzlich schnupperte Mama in der Luft und lief schnell in die Küche, um das Abendessen zu retten.

Die Orgel war das letzte Möbelstück, das zurückgetragen werden musste. Anders stand an einem Ende und Erik an dem anderen. »Du hilfst Erik lieber, Kate«, neckte Anders, als er den Griff auf seiner Seite fasste. »Er ist nicht besonders stark, weißt du.«

Erik nahm den anderen Griff, zwinkerte Kate zu und hob sein Ende an. Anders, der sich auf seiner Seite schon im Esszimmer befand, stolperte und fiel beinahe. Der vordere Teil der Orgel kippte und rutschte ihm fast aus der Hand.

Kate rannte vor und fasste unter die Tastatur. Erik hielt fest, bis Anders wieder Halt gewann. Als er sein Ende der Orgel aufrichtete, kippte der Notenhalter herunter. Ein Buch fiel auf den Boden.

»Stell sie ab!«, befahl Anders. Er und Erik stellten die Orgel auf den Boden. »Huh! Das war knapp.«

»Knapp, allerdings!«, erzürnte sich Kate. »Du hättest sie beinahe fallen lassen!« Sie ging um die Orgel herum und untersuchte sie von allen Seiten. Erleichtert stellte sie fest, dass alles in Ordnung war.

Als sie das Buch aufhob, drehte sie es um. »Das ist eigenartig!«

»Was?«, fragte Erik.

»Dieses Buch. Ich weiß nicht, wo es hergekommen ist.«

»Es fiel herunter, als wir die Orgel beinahe fallen ließen«, erklärte Erik.

»Aber es gehört mir nicht.«

»Ach komm, Kate.« Anders' Stimme wirkte ungeduldig. »Wem sollte es sonst gehören?«

»Im Ernst!« Kate warf ihren schwarzen Zopf über die Schulter, entschlossen, dass er ihr glauben sollte. »Es ist *nicht* mein Buch!«

»Wo sollte es dann herkommen?« Anders ließ sich auf den Boden fallen, um auszuruhen, und schob sein blondes Haar aus den Augen.

Kate stand vor der Orgel. Der Notenhalter hing immer noch über der Tastatur.

Da entdeckte sie etwas, das sie vorher noch nie gesehen hatte. Neugierig ging sie näher heran. »He, seht mal!«

Erik stand jetzt an ihrer Seite und war genauso neugierig wie Kate. »Ein geheimes Versteck!«

Die verborgene Botschaft

»Ja, ein Versteck!«, rief Kate, als Anders aufsprang, um zu gucken.

Hinter der Stelle, an der sich der Notenhalter normalerweise befand, war eine Öffnung. Als sie sich näher darüberbeugte, entdeckte Kate einen Hohlraum zwischen der vorderen und der hinteren Seite der Orgel. Der Hohlraum erstreckte sich über die volle Breite, von einer Seite bis zur anderen.

»Ein großes Versteck«, meinte Kate. »Groß genug, um kleine Bücher aufzubewahren. Dort muss das Buch hier herausgefallen sein.«

»Ich wette, die Organistin versteckte hier immer *ihre* Musik!«

Kate achtete nicht auf Anders. Das Licht des Nachmittags war schwächer geworden, die Schatten länger, und es wurde schwerer, etwas deutlich zu sehen. Kate zündete eine Kerze an und gab sie Erik. »Könntest du sie für mich halten?«

Wieder beugte Kate sich hinunter und schaute in das Versteck, während Erik mit der Kerze leuchtete.

Kate griff hinein und tastete die linke Seite des Hohlraums ab. »Hier ist nichts.«

Sie und Erik tauschten die Plätze, und Kate untersuchte die andere Seite. Wieder tastete sie zuerst den Boden, dann die Seiten des schmalen Hohlraums ab. Gerade als sie aufgeben wollte, fühlte sie etwas. »Da!«, rief sie aus. »Da auf dieser Seite steckt etwas!«

»Wo?«, fragte Erik, der sich hinunterbeugte, um besser sehen zu können.

»Vielleicht ist es eine geheime Botschaft!«, meinte Kate.

Anders mäkelte: »Mädchen und ihre Fantasie!«

Kate fühlte sich unbehaglich, doch sie beugte sich noch mehr vor und tastete sich mit ihren Fingern weiter. Im Spalt zwischen Boden und Seitenwand fühlte sie ein Papier. Nur ein kleines Stück Papier.

Schließlich gelang es ihr, es zwischen Daumen und Zeigefinger zu erwischen. Vorsichtig zog sie daran. Es steckte fest.

Kate versuchte es noch einmal, langsam und vorsichtig. Diesmal glitt das Papier aus dem Spalt. Kate hielt es hoch ans Licht.

»Was steht darauf?«, fragte Erik.

Anders kam näher und schaute Kate über die Schulter.

Kate gab Erik das Papier. Nachdem sie die tote Maus gefunden hatte, wollte sie keinen Blick auf eine weitere Botschaft werfen.

Langsam las Erik die Worte laut vor:

mir zur Seite

fürchte mich

en mir tun?

Kate wurde von ihrer gewöhnlichen Neugier erfasst. »Was meinst du, was es bedeutet?«, fragte sie, als Erik ihr das Papier zurückreichte. »Ist jemand in Schwierigkeiten?«

»Könnte sein«, antwortete er. »Doch wenn es so ist, dann steht jemand dieser Person zur Seite.«

»Was ist mit den Worten *fürchte mich*?«, fragte Kate. »Und was ist das hier für ein Wort?« Sie deutete auf die dritte Zeile. »*en*? Wofür steht *en*?«

Anders nahm die Botschaft und hielt sie nah an die Kerze. Sorgfältig studierte er das kleine Stück Papier.

Einen Augenblick später erklärte er: »Es ist durchgerissen.« Er fuhr mit dem Finger über die linke Seite. »Wir haben nur einen Teil der Botschaft.«

Kate beugte sich näher und sah, dass er recht hatte. Sie ging zurück zur Orgel und schaute noch einmal in den geheimen Hohlraum. Langsam strich sie mit dem Finger über den Spalt, aus dem sie die Botschaft gezogen hatte. Aber sie fand nicht mehr.

»Lass mich mal versuchen«, schlug Erik vor.

Während Kate die Kerze hochhielt, tastete er das Versteck ab. Auch seine Hand kam leer zurück.

Doch Erik wollte nicht aufgeben. Er ließ seine Finger vorsichtig über das Holz gleiten und betastete jede Leiste und jedes Schnitzwerk an der Vorderseite der Orgel. Als Nächstes untersuchte er die Stellen, an denen Holzstücke zusammengefügt waren. Schließlich prüfte er die äußere Leiste entlang der rechten Seite.

»Was machst du?«, fragte Kate.

»Ich habe überlegt, ob ich diese Leiste entfernen könnte. Aber ich finde keine Möglichkeit dazu, ohne das Holz zu beschädigen.« Erik begab sich, immer noch suchend, zur Rückwand der Orgel. »Die andere Hälfte der Botschaft muss irgendwo hier stecken.«

Anders kam dazu. Während Kate die Kerze hielt, untersuchten die beiden jeden Spalt und jede Lücke der Orgel. Doch sie fanden keine weiteren Papierstücke. Schließlich mussten sie aufgeben.

Als Anders und Erik die Orgel an die Wand stellten, hatte Kate eine andere Idee. »Das Buch! Vielleicht steht ein Name darin!« Sie stürzte sich auf das Buch und schlug es vorne auf. Dort stand jedoch nichts.

Es schien ein Gesangbuch zu sein, aber Kate konnte die Worte nicht lesen. Sie wandte sich an Anders. »Ist das Schwedisch?«

Er warf einen Blick darauf und lächelte. »Jo, sicher.«

Er klang wie Papa. Plötzlich sehnte Kate sich nach Papa. Er würde wissen, was mit der Botschaft zu tun war. Sie fragte sich, wie es ihm im Holzfällercamp wohl erging.

Erik überflog die Seiten. »Es sind Lieder, Kate, Lieder, die wir in der Kirche singen.«

Das half Kate nicht viel. Die schwedischen Gottesdienste verstand sie immer noch nicht. Trotzdem blätterte sie das Buch durch und hoffte, einen Hinweis zu finden.

Als sie ans Ende des Buches gelangte, ohne etwas Geschriebenes gefunden zu haben, war sie enttäuscht. Langsam ließ sie das Buch sinken.

Ein Gedanke beunruhigte sie. »Was ist, wenn diese Person Hilfe benötigt? Vielleicht hat jemand, der sich in großer Not befindet, diese Nachricht geschrieben.«

Ausnahmsweise blieb Anders ernst. »In der Hoffnung, dass der Käufer der Orgel sie finden würde?«

»Wann hast du die Orgel bekommen?«, fragte Erik.

»Vor ein paar Monaten«, antwortete Kate.

Erik blickte nachdenklich. »Etwas scheint mir seltsam. Warum hast du das Versteck nicht früher entdeckt?«

»Jooo, Kate«, sagte Anders gedehnt. »Du solltest dir deine Sachen wirklich genauer ansehen.«

Kate hatte genug von Anders und seinen Neckereien. Doch Erik schien es nicht zu bemerken. Er ging zurück zur Orgel und klappte den Notenhalter hoch. Als er ihn an Ort und Stelle schob, verdeckte der Halter den leeren Hohlraum dahinter vollständig.

Erik fasste den Halter oben und schwenkte ihn wieder nach vorn. »Bring die Kerze!«

Als Kate sie hochhielt, schaute Erik genauer hin. Noch einmal klappte er den Halter hoch, in die Position, in der er Noten halten konnte.

»Deshalb hast du es nicht bemerkt, Kate. Sieh mal, wie gut die Scharniere verborgen sind. Wer das

Versteck nicht kennt, würde sie niemals sehen. Wer diese Orgel gebaut hat, wusste, was er tat!«

Kate fühlte sich daraufhin wohler, doch etwas beunruhigte sie immer noch. »Wir wissen nicht, wie lange die Nachricht dort bereits steckt. Hat jemand sie vor vielen Jahren geschrieben? Oder erst kurz bevor wir die Orgel bekamen?«

»Wie alt ist sie?«, fragte Erik.

»Der Mann, von dem wir sie gekauft haben, sagte, sie wäre von 1885.«

»Gut, lasst uns ihn einfach fragen!«, meinte Erik eifrig.

»Aber ich weiß nicht, wer der Mann war«, erwiderte Kate. »Als wir zum Markt nach Grantsburg fuhren, ging ich die Straße hinunter, wo alles Mögliche verkauft wurde. Da habe ich die Orgel gefunden.«

»Also weißt du nicht, wer der Mann war, der sie verkauft hat?«

Kate schüttelte den Kopf. »Ich habe seinen Namen nicht gehört.«

Erik wandte sich an Anders. »Was ist mit dir? Warst du dabei?«

»Ich hab ihn gesehen, das ist alles«, erklärte Anders. »Papa hat sich darum gekümmert. Ich habe Kate mitgenommen, um Wildfire anzuschauen, damit sie nichts davon erfuhr.«

Kate erinnerte sich noch an diesen wichtigen Tag, als wäre es gestern gewesen. Sie erinnerte sich, wie sie sich hingesetzt und auf der Orgel gespielt hatte, direkt dort an der Straße. Es war aufregend gewesen zu entdecken, dass sie Töne herausfinden konnte, obwohl sie nie Unterricht genommen hatte. Jetzt wusste sie, dass sie nach Gehör spielte.

Die Menschen um sie herum hatte sie damals völlig vergessen. Erst nachdem sie mit dem Mann wegen der Orgel verhandelte, bemerkte sie, dass Papa und Anders hinter ihr standen. Sie hatten sie spielen hören.

Erik meinte zu Anders: »Du musst den Mann kennen. Dein Vater kennt jeden.«

Anders schüttelte seinen blonden Kopf. »Nein. Es ist das einzige Mal, dass ich ihn gesehen habe.«

»Wie sah er aus?«, bohrte Erik weiter.

»Hellbraunes Haar …« Anders schwieg, während er versuchte, sich zu erinnern.

Kate fielen mehr Dinge ein. »Hellbraunes Haar, blaue Augen, groß. Ein langer Bart.«

»Aber hier in der Gegend gibt es mindestens hundert Schweden, die so aussehen!«, rief Erik aus.

Kate wusste: Er hatte recht. »Es gibt nur einen, der weiß, wer der Mann ist: Das ist Papa!«

»Und er ist weit weg in einem Holzfällercamp im Norden«, ließ Anders sich grimmig vernehmen. »Wir wissen noch nicht einmal, ob er Weihnachten nach Hause kommt.«

Die geheimnisvolle Botschaft beunruhigte Kate. Sie konnte sich nicht erklären, warum. Aus irgendeinem Grund spürte sie: Es war etwas Wichtiges, das sie wissen musste.

Noch lange nachdem Erik nach Hause gegangen war, dachte sie über das unvollständige Wort *en* nach. Was bedeutete es? Zu welchem Wort gehörten diese Buchstaben?

Die Worte *fürchte mich* beunruhigten Kate noch mehr. Sie hatte schon oft Angst gehabt – zum Beispiel, als sie sich im Wald verirrt hatte oder wenn etwas Neues auf sie zukam. Noch öfter hatte sie sich davor gefürchtet, was andere denken würden. Sie mochte dieses Gefühl nicht.

Mehr als einmal fragte sie Anders: »Was ist, wenn jemand wirklich Hilfe braucht?«

Große Schwierigkeiten

Am nächsten Morgen studierte Kate das Gesicht eines jeden Mannes, der die Kirche betrat. Aber keiner von ihnen erinnerte sie an den Mann, der die Orgel verkauft hatte.

»Ich werde weiter achtgeben«, nahm sie sich fest vor und hielt von jetzt an überall Ausschau nach einem großen Mann mit hellbraunem Haar, blauen Augen und einem Bart, wohin sie auch ging.

Gleichzeitig setzten Kate, Anders und Erik eine andere Suche fort. Wer würde Lebensmittel aus einem Rübenkeller stehlen? Sie waren sich einig: Es musste dieselbe Person sein, die Josies Stier gestohlen hatte. Aber wenn es stimmte: Wo konnte man Obst und Gemüse verstecken?

Jedes Mal, wenn Kate in die Wälder ging, nahm sie einen anderen Weg und hielt Ausschau.

Das ungewöhnlich warme Wetter hielt noch drei weitere Tage an. In ihrer freien Zeit entwischte Kate zum großen Felsen. Es wurde ihr besonderer Platz, wenn sie allein sein wollte, nicht in Reichweite von Anders und seinen Hänseleien.

Sie sammelte abgefallene Äste und steckte sie dicht nebeneinander um den Stamm eines großen Baumes neben dem Felsen. Auf der Seite, die dem Weg zugewandt lag, ließ sie Platz für eine Öffnung.

Auf Händen und Knien konnte Kate nun in ihren eigenen Unterschlupf krabbeln.

Eines Nachmittags, spät im November, begann es zu regnen. Es dauerte nicht lange, und der Regen wurde zu einem Graupelschauer, der jeden Ast des Baums mit Eis umhüllte.

Während der Nacht änderte sich das Wetter noch einmal. Kate erwachte vom Geräusch des Windes, der an den Fenstern rüttelte. Das Schlafzimmer im oberen Stockwerk war noch kälter als gewöhnlich, und sie kroch tief unter die Steppdecke.

Am Morgen bedeckte eine Schneedecke von zehn Zentimetern den Boden. Mit dem Schnee kamen Gedanken an Weihnachtsgeheimnisse, heimliches Flüstern und Geschenke, an Backen und daran, das ganze Haus blitzblank zu putzen.

Von einer Fahrt nach Trade Lake brachte Anders getrockneten Fisch mit, und Mama legte ihn in einem Fass mit Salzlauge ein. Ob Kate den Geruch mochte oder nicht: Es würde Weihnachten Dörrfisch geben!

Oft dachte Kate darüber nach, was sie wem schenken sollte. Manchmal zog sie eine zusätzliche Jacke an, schlüpfte hoch in ihr kaltes Schlafzimmer und strickte, ohne dass jemand es merkte. Früh im Herbst hatte sie warme Handschuhe für Anders und Lars versteckt. Jetzt strickte sie einen Schal für Mama. Jeden Tag übte Kate »Stille Nacht«, um es für Papa auf der Orgel zu spielen, wenn er nach Hause käme. Doch was war mit Tina? Worüber würde sie sich freuen?

Als der Schnee noch frisch war, kam Erik auf Skiern zur Farm herüber. Während er auf Anders und Lars wartete, rief er Kate zu: »Komm doch mit!«

Kate wäre gerne mitgekommen, um über das offene Feld vor dem Farmhaus Ski zu laufen und den großen Hügel in der Nähe hinunterzusausen. Doch sie musste ihm antworten: »Ich habe leider keine Skier.«

An einem Samstag Anfang Dezember kam Erik wieder. Als Kate ihn an der Tür empfing, erklärte Erik: »Ich habe ein Paar Skier mitgebracht.« Zum ersten Mal, seitdem seiner Familie die Lebensmittel gestohlen worden waren, sah er nicht besorgt aus.

»Skier?« Kate starrte ihn an und verstand nicht, was er meinte.

»Jup. Skier. Du weißt, so ein paar Dinger, die man an die Füße schnallt.«

Kate führte ihn in die Küche, immer noch nicht sicher, was er meinte. Erik sah halb verlegen, halb stolz aus.

»Gefallen sie dir?«, fragte er, indem er die Skier vorsichtig gegen die Wand lehnte.

»Sie sind schön!«, rief Kate aus. »Woher hast du sie?«

»Ich hab sie selbst gemacht.« Erik strich über das Holz, anstatt Kate anzuschauen. »Ich hab sie für dich gemacht.«

»Für mich?« Kate war sprachlos über ein solches Geschenk. Behutsam, als könnten die Skier zerbrechen, streckte sie die Hand aus und berührte das Holz. Die Unterseiten waren durch Schmirgeln und Wachsen geschmeidig geworden.

»Aber wie hast du das gemacht?«, fragte sie. Sie konnte immer noch nicht glauben, dass es ihre Skier sein sollten.

Als Erik lächelte, verschwand seine Verlegenheit. »Ich habe zwei Bretter von einer Birke geschnitten. Die vorderen Enden habe ich in Wasser aufgeweicht und dann in einen Schraubstock gespannt, bis sie gebogen blieben.« Er deutete auf die vorderen Spitzen, die sich nach oben bogen. »Ganz gut, nicht?«

Er sprach darüber, als wäre das alles ganz einfach, doch Kate wusste es besser. »Einfach *großartig*!« Sie wusste, dass Erik gern mit Holz arbeitete, aber sie hatte nicht im Traum daran gedacht, dass er so etwas fertigbekommen würde.

»Papa macht immer unsere Skier«, erklärte Erik. »Ich habe einfach zugesehen, wie er es macht.«

»Und die Riemen?«, fragte Kate.

»Ich habe ein kaputtes Zaumzeug gefunden, halb durchgeschnitten und hier durchgezogen.« Er zeigte auf die Öffnungen, die er in jeden Ski hineingeschnitten hatte, um die Riemen festzuhalten. »Am schwersten war es, Schnallen zu finden. Diese sind ziemlich alt. Ich werde mich weiter nach besseren umsehen, falls diese nicht halten sollten.«

Für Kate waren es die schönsten Skier der Welt. »Ich kann es nicht glauben, dass sie wirklich für mich sind!«

Wieder lächelte Erik so, als wäre es nichts. »Du kannst mich beim Wort nehmen.«

Kate bemerkte den Stolz in seinem Gesicht. »Danke, Erik! Ich kann dir gar nicht genug dafür danken!«

Wieder strich Erik über das glatte Holz. »Willst du sie nicht ausprobieren?«

Als Kate sich beeilte, ihren Mantel zu holen, kam Anders herein. Er sah die Skier und fragte: »Wo kommen die denn her?«

»Sie gehören mir«, erklärte Kate stolz.

»Dir?« Anders lachte. »Willst du darauf sitzen oder stehen?«

Kate weigerte sich, seine Frage zu beantworten, und warf ihren Zopf über die Schulter. Dann begaben sich die drei nach draußen.

Direkt vor der letzten Stufe lag der Schnee besonders hoch, und Kate legte ihre Skier hin. Sie wollte unbedingt Ski laufen lernen. Oft hatte sie gedacht, wie leicht es aussah.

Schnell schlüpfte sie mit ihrem Stiefel in die Riemen des ersten Skis. Als sie auf den anderen Ski trat, rutschte dieser plötzlich unter ihr weg, und sie setzte sich hart auf den Hosenboden.

Anders lachte. »Gut so, Kate!«

Trotz der kalten Luft spürte Kate, wie ihr die Verlegenheitsröte heiß ins Gesicht stieg. Ohne ein Wort zu sagen, stand sie langsam auf und rieb sich ihre schmerzenden Stellen.

Beim zweiten Versuch stellte Kate den rechten Ski

auf den linken. Als sie versuchte, ihn zu bewegen, verlor sie das Gleichgewicht und landete in einem Schneehaufen.

Kate zwinkerte mit den Augen, beherrschte sich aber, weil sie nicht wollte, dass die Jungen sie weinen sahen. Als sie losfuhren, folgte sie ihnen langsam. Dabei fühlte sie sich bei jeder Bewegung unbeholfen. Bei der großen Senke hinter dem Farmhaus beobachtete sie, wie die Jungen den steilen Hügel hinunterschossen. Sie umfuhr ihn stattdessen auf flachem Boden und traf die Jungen am anderen Ende. Als sich Kates und Eriks Blicke kreuzten, nickte Erik. Diese Ermutigung tat Kate gut.

Allmählich wurde es leichter. Jedes Mal, wenn Kate hinfiel, rappelte sie sich wieder auf, schlug den Schnee von Mantel und Socken und lief weiter.

Von diesem Zeitpunkt an lief Kate immer Ski, wenn sich die Möglichkeit dazu bot. Tag für Tag wurde sie sicherer. Bei den großen Hügeln hatte sie immer noch Angst, doch sie versuchte es. Manchmal überraschte sie sich selbst dabei, dass sie die ganze Strecke bis unten stehend zurückgelegt hatte.

An solchen Nachmittagen setzte für Kate die Dämmerung immer zu früh ein. Sie wollte länger Ski laufen. Doch nach der kalten Luft lockte das Farmhaus mit seiner wohligen Wärme und dem Duft von frisch gebackenem Brot.

An den langen Winterabenden übte Kate Orgel und lernte, »Stille Nacht« zu spielen. Einmal nahm sie neugierig das Buch hervor, das aus der Orgel gefallen war. Sie konnte die schwedischen Worte nicht lesen, doch sie probierte Note für Note. Sie begann zu verstehen, warum Herr Peters wollte, dass sie lernte, nach Noten zu spielen.

Ein Lied schien ihr vertraut. Während sie die Noten für die rechte Hand einübte, dachte sie über die Melodie nach und fragte sich, ob sie es in der Kirche sangen. Aus irgendeinem Grund erinnerte das Lied sie an Tina.

Dann fiel Kate der vergangene Sommer und der heiße Tag im Juni ein, an dem Mama und Papa Nordstrom fortgefahren waren. Die vier Kinder hatten sich, verängstigt durch den Sturm, in den Rübenkeller geflüchtet. Dort hatte Tina zu singen begonnen.

Da sie die schwedischen Worte nicht verstand, hatte Kate gefragt: »Was singt sie?«

»Ein schwedisches Lied: ›Kinder des himmlischen Vaters‹«, hatte Lars ihr geantwortet.

Jetzt war Kate froh, dass Tina mit Anders zur Scheune gegangen war. »Ich werde das Lied als Weihnachtsüberraschung für sie lernen!«, nahm Kate sich vor. »Tina wird auf jeden Fall hier sein, selbst wenn Papa nicht da ist.«

Ein kalter Tag nach dem anderen ging vorüber. Oft, wenn Anders, Kate und Lars von der Schule nach Hause kamen, fragte einer von ihnen Mama: »Hast du etwas von Papa gehört?«

Genauso oft antwortete Mama mit einem Nein,

und: »Es ist vielleicht schwierig, Post zu schicken.« Jedes Mal versuchte sie dabei zu lächeln. Doch als die Zeit immer mehr voranschritt, sah Mama entmutigt aus.

»Ein Nachbar ist vorbeigekommen«, berichtete sie Kate und Anders in der dritten Dezemberwoche. »Frau Berglund ist wieder krank geworden. Ich habe Fleischklöße und Brot gemacht, und ich werde ihr Weihnachtsplätzchen schicken.«

Da der Schnee für den Farmwagen zu tief war, spannte Anders Wildfire zwischen die Deichsel eines leichten Schlittens. Die Sitze waren rot gepolstert und das Gestell schwarz gestrichen mit einem feinen roten Streifen. Mit seinen langen Kufen glitt solch ein Schlitten über schneebedeckte Straßen wie ein großer Schlitten mit Hochsitz.

Nachdem Kate die Schüssel mit Fleischklößen auf den Boden des Schlittens gesetzt hatte, kletterte sie hinein. Mama gab ihr einen Korb mit Brot und Plätzchen. »Sie zerbrechen leicht«, warnte sie.

»Ich werde gut auf sie aufpassen«, versprach Kate.

Wildfire stampfte auf den Boden und konnte es kaum erwarten aufzubrechen. Anders gab der Stute freien Lauf. Bald ließen sie die Auffahrt hinter sich und steuerten auf die Hauptstraße zu. Die späte Nachmittagssonne warf lange, blaue Schatten auf den Schnee.

Während das Pferd vor sich hin trabte, erklangen die Glöckchen an seinem Geschirr. Anders lächelte

Kate zu. Er liebte es, Wildfires gute Qualitäten zur Schau zu stellen. »Ziemlich gutes Pferd, was?«

Es war ein Spiel zwischen ihnen. Sie wusste, er wollte eigentlich sagen: »Außerordentlich prächtiges Tier, meinst du nicht?« Deshalb antwortete Kate: »Oh, klar.«

»Schönes schwarzes Fell«, gab Anders weiter von sich und meinte: »Wie Seide.«

»Wenn du es sagst«, pflichtete Kate gleichmütig bei.

»Ein ausgezeichneter und großer Läufer, selbst in diesem Schnee!«

»Jup«, erwiderte Kate in dem beiläufigen Ton, den Anders oft benutzte.

Doch Anders hatte einen Plan. »Wetten, wir können in Rekordzeit da sein!«

»Ich wette, wir *könnten*, aber wir *sollten* nicht«, erwiderte Kate mit einem unbehaglichen Gefühl. Sie wusste, wie sehr Anders das Tempo liebte. »Es sind zu viele Schneeverwehungen da. Schau dir an, wie weit sie über die Straße reichen.«

Sie fuhren durch eine Gegend, in welcher der Wald gerodet war. Wenn der Wind über die offenen Felder blies, ergriff er den Schnee und häufte ihn auf. Zu den Straßengräben hin waren die Wehen höher, zur Straßenmitte hin niedriger.

»Kein Problem!«, erklärte Anders. »Wildfire kommt damit zurecht.« Er hob die Zügel und schlug sie leicht auf den Rücken des Pferdes. Sofort schoss Wildfire los.

»Hör auf damit, Anders!«, schimpfte Kate augenblicklich. »Hör sofort auf damit!«

Anders lachte. »Sieh nur, wie Wildfire das mag! Sie war zu lange eingesperrt.«

Einen Augenblick lang fragte Kate sich, ob er recht hatte. Doch dann kam die erste Schneewehe. Der Schlitten hob sich leicht zum Straßengraben hin. Im nächsten Moment fiel er in eine Senke. Die nächste Schneewehe war höher. Der Schlitten hob sich mehr, dann senkte er sich zurück auf die Kufen.

Anders lachte, doch Kate umklammerte die Plätzchen auf ihrem Schoß. »Fahr langsamer, Anders Nordstrom!«

In diesem Augenblick lief Wildfire in die bislang größte Verwehung hinein. Neuer Schnee stob hoch gegen ihre Vorderläufe. Kate rutschte gegen Anders.

»Wir kippen um!«, schrie sie.

Im nächsten Moment kippten sie auch schon. Zuerst wurde Anders, dann Kate in den Schnee geschleudert.

Kate fand sich mit dem Gesicht in einer Schneewehe wieder. »Jetzt schau nur, was du angerichtet hast!«, platzte es aus ihr heraus, als sie mit dem Gesicht voller Schnee hochkam.

Auch Anders war von Kopf bis Fuß mit Schnee bedeckt. Er kämpfte sich auf die Füße. »Wo ist Wildfire?«

Die Stute war bereits die Straße hinuntergetrabt. Den Schlitten, der auf der Seite lag, zog sie hinter sich her.

Kate stand auf und schüttelte den Schnee ab, dann schaute sie nach dem Korb, den sie auf dem Schoß gehalten hatte. »Mamas Plätzchen!«, jammerte sie. Irgendwie waren sie neben Kate gelandet.

Jedes schöne Plätzchen war zu Krümeln zerbrochen. Alle Brote außer einem waren platt gedrückt.

»Oh Anders, wie konntest du nur!«, stöhnte Kate. »Das gute Essen! Die viele Arbeit!«

Dann erblickte sie die Fleischklöße. Auch sie waren in den Schnee gefallen.

Kate bemühte sich, sie aufzusammeln, dabei wurde ihr klar, dass es sinnlos war. Die Bratensoße war in alle Richtungen verspritzt. Fleisch und Soße vermischten sich mit Schnee und Schmutz.

»Mama wird sehr ärgerlich sein!«, schrie Kate, als sie die Schüssel in einer Schneewehe entdeckte. Aber Anders war bereits weit die Straße hinunter hinter der Stute hergelaufen.

Als Kate Anders endlich erreichte, sah er zornig aus. Der Schlitten lag auf der Seite. Die Zügel hatten sich in einem Busch an der Straßenseite verfangen. Wildfire stand in einer Schneewehe, ihre Flanken hoben und senkten sich.

»Ich habe dir gesagt, wir würden umkippen«, wetterte Kate, und Anders sah nur noch ärgerlicher aus.

Er schirrte das Pferd ab, dann erklärte er: »Wir müssen den Schlitten aufrichten.« Anders schien jedes Wort hervorzupressen.

Er und Kate stellten sich auf eine Seite des Schlittens und versuchten, ihn gemeinsam in seine richtige Lage zu bringen. Sie benötigten ihre ganze Kraft, doch schließlich wankte der Schlitten auf seine Kufen zurück.

Dann untersuchte Anders den Schaden. Eine von beiden Stangen der Deichsel, mit denen der Schlitten an das Pferd geschirrt wurde, war bis zur Hälfte aufgespalten. »Der rechte Schaft ist gebrochen, als wir umgekippt sind«, murmelte er.

Kate wurde ganz flau zumute. Am liebsten hätte sie ihn angefahren: »Es ist alles deine Schuld!«

Stattdessen fragte sie: »Was machen wir jetzt?«

Zum ersten Mal, seit sie Anders kannte, schien er wütend auf sich zu sein. »Wir können nur eins tun«, antwortete er, »laufen.«

»Laufen?«

»Jup, laufen. Und wir gehen besser gleich los. Das nächste Haus liegt ein ganzes Stück entfernt, die Straße hinunter.«

Anders nahm Wildfire bei den Zügeln und marschierte los. Kate stellte die Schüssel in den Schlitten, hob das eine, noch gute Brot auf und folgte ihm. Als sie schließlich eine Farm erreichten, waren ihre Beine und Füße taub vor Kälte. Doch Anders wollte weitergehen.

»Wieso?«, fragte Kate. »Ich bin völlig durchgefroren!«

»Ich will hier nicht anhalten!«, erwiderte er mit fester Stimme.

»Ach Anders, warum nicht?« Sogar Kates Lippen waren steif gefroren.

»Stretch wohnt hier.«

»Stretch?« Der ältere Junge war nicht wieder in die Schule zurückgekehrt. Kate hatte ihn seit der Abfahrt von Kaufmann Carlson nicht mehr gesehen. »Er wird dir helfen.«

Anders schüttelte den Kopf. »Ich will ihn nicht um Hilfe bitten.«

»Jeder hilft hier jedem«, argumentierte Kate. »Das ist so Sitte auf dem Land.«

Dennoch wäre Anders an der Farm vorbeigegangen, wenn Kate nicht darauf bestanden hätte, dass sie blieben.

Als sie an die Tür des Hauses klopften, erhielten sie keine Antwort. »Siehst du? Es ist sowieso niemand da«, meinte Anders.

»Vielleicht sind sie in der Scheune«, erwiderte Kate und schaute sich um. An einer Seite der Farm führte die Straße vorbei, von der sie gekommen waren. An den anderen drei Seiten erhoben sich steile Hügel, die das Haus und die Scheune in einer Vertiefung einfassten.

Jetzt stand die Sonne tief am westlichen Horizont. Kate wusste: Das Licht würde bald verschwunden sein.

Sie ging auf die Scheune zu, und Anders kam zögernd hinterher. Als sie dort niemanden fand, begab sich Kate zu einem kleinen Schuppen. Gerade als sie nach der Klinke greifen wollte, öffnete sich die Tür.

Stretch trat heraus. Unter seinem lockigen blonden Haar machte er verblüffte Augen. Schnell griff er hinter sich, schloss die Tür und stellte sich davor. Dann fragte er: »Sucht ihr was?«

Suche im Schnee

Überrascht trat Kate zurück.

Doch Anders machte einen Schritt nach vorn. »Wir suchen Hilfe.«

Als er Stretch von dem Schlitten erzählte, glitt der Blick des älteren Jungen zur Seite. »Tut mir leid, ich kann euch nicht helfen.« Seine Stimme klang aalglatt.

»Warum nicht?«, fragte Kate.

»Ich kann jetzt nicht weg.«

Kate konnte diesen Jungen nicht verstehen, der ihr einmal so freundlich erschienen war. »Warum nicht?«, fragte sie noch einmal.

Einen Augenblick schien Stretch nachzudenken. »Ich kann meine Mutter nicht alleinlassen.«

»Ich könnte bei ihr bleiben, während du Anders hilfst«, erwiderte Kate schnell.

Im nächsten Moment schrie sie auf. Anders hatte ihr auf den Fuß getreten.

Dieser schaute den älteren Jungen an und sagte bewundernswert höflich: »Ist in Ordnung, Stretch. Trotzdem danke.« Dann zog er Kate am Arm mit sich fort.

Als sie zur Straße gingen, rief Stretch hinter ihnen her: »Versucht es bei Berglund. Er wird euch helfen!«

»Sicher!«, rief Anders zurück, dann stapfte er weiter.

Kate schäumte. »Wieso hast du mir auf den Fuß getreten?«, fragte sie, als sie meinte, Stretch könnte es nicht mehr hören. »Warum hast du mich am Arm gezogen? Du hättest uns wenigstens ins Haus gehen lassen können, um uns aufzuwärmen.«

Anders war noch vorsichtiger. Er wartete, bis sie die Straße erreichten, bevor er etwas sagte. »Ich wollte dich da weghaben.«

Kate hob ihr Kinn. »Du denkst wohl, ich kann nicht auf mich selbst aufpassen, wie?«

Anders lächelte. »Also, manchmal bin ich mir da nicht so sicher.«

Trotz der Entfernung zwischen ihnen und Stretch senkte Anders erneut die Stimme. »Er verbirgt etwas. Hast du bemerkt, wie er die Tür geschlossen hat?«

Kate nickte. Sie hatte es sehr wohl bemerkt. Doch sie wollte nicht glauben, dass Stretch etwas tun würde, das nicht in Ordnung war.

Kate krümmte ihre Finger in den Handschuhen, um sie warm zu bekommen. Sie versuchte, ihre Zehen anzuziehen, spürte aber nicht, ob sie sich bewegten.

Anders fuhr fort: »Und hast du gehört, was er über seine Mutter gesagt hat? Soweit ich weiß, hat Stretch gar keine Mutter mehr. Sie starb vor drei Jahren.«

Kälte ergriff Kates Herz.

Kate und Anders marschierten weiter. Dabei führten sie Wildfire immer noch an den Zügeln. Als sie an kniehohe Schneeverwehungen kamen, blieb Anders stehen.

»Lass uns ohne Sattel reiten.«

»Ich weiß nicht, Anders.« Kate war nicht an Pferde gewöhnt und hatte Wildfire noch nicht geritten, nicht einmal mit Sattel.

Doch Anders gab ihr keine Gelegenheit zu protestieren. Er fügte seine Hände zu einem Steigbügel für sie zusammen und ließ sie aufsteigen. Dann ergriff er Wildfires Mähne und schwang sich hinter Kate auf.

Trotz der Schneewehen kamen sie gut voran. Kate machte der Ritt sogar Spaß.

Als sie das Haus der Berglunds erreichten, öffnete ein großer Mann mit blauen Augen die Tür. Sein hellbraunes Haar zeigte Spuren von Grau an den Schläfen.

Er bat sie in die Diele, ließ sie jedoch nicht weiter hinein. Ein starker Zwiebelgeruch erfüllte das Haus.

»Wir haben eine wirklich schlimme Grippe hier.« Er deutete mit seinem Kopf zu den Zwiebeln, die auf dem Holzherd kochten, um die Luft zu reinigen. »Ich kann euch nicht hineinlassen. Aber wie kann ich euch helfen?«

Als Anders erklärte, dass Mama Essen für Frau Berglund geschickt hatte, hielt Kate das eine unbeschädigte Brot hoch.

»Ich bin ihr Sohn Walter«, antwortete der Mann. »Ich bin jetzt zu Hause, um ihr zu helfen. Tut mir leid, dass ihr unseretwegen solche Schwierigkeiten hattet. Doch ich zeige euch, was ihr machen könnt!«

Er ließ Kate und Anders in der Diele zum Aufwärmen zurück und verschwand. Bald kam er in warmer Kleidung wieder. Er nahm eine Axt und erklärte: »Ich kenne den richtigen Baum.«

Herr Berglund führte sie zum Wald, der bis dicht an die Seite ihres Hauses reichte, und fällte einen jungen Baum. Als er die Äste abschnitt, meinte er: »Das müsste gehen für euch.«

Dann ging er zum Haus zurück und holte ein Beil, mit dem er die beiden Enden des Schösslings zurechtstutzte. Schließlich reichte er Anders eine stabile Stange, die für eine Deichsel genau richtig zu sein schien. »Du brauchst vielleicht dieses Beil, um alles fertig zu machen. Bring es vorbei, wenn du das nächste Mal hierherkommst, ja? Und hier ist ein Seil, um diese Deichsel an die alte zu binden.«

Als Kate und Anders zurück zum Schlitten gelangten, war es bereits dunkel. Die Farmlaterne war zum Glück nicht zerbrochen. Kate zündete sie an und leuchtete Anders, während er die Deichsel erneuerte.

Als sie schließlich nach Hause fuhren, kuschelte Kate sich unter die schwere Pferdedecke. Sie musste an Stretch denken. Schließlich brach sie das Schweigen. »Weißt du noch, was er gesagt hat?«

Anders erriet Kates Gedanken. »Jup. Stretch sagte uns: ›*Er wird* euch helfen.‹«

»Und Frau Berglund lebt normalerweise allein. Also wusste Stretch, dass ihr Sohn aus St. Paul bei ihr war.«

»Aber das ist nichts Ungewöhnliches.« Zur Abwechslung war es Anders, der Stretch verteidigte. »Jeder weiß hier, was seine Nachbarn machen.«

»Selbst wenn ein Wald zwischen ihnen liegt?«

»Jup. Sie sind aufeinander angewiesen.«

Als sie auf die Straße zur Windy Hill Farm einbogen, kam der Mond hervor. Der große, goldene Ball überflutete den Schnee mit Licht.

Wieder begann Kate: »Weißt du, irgendetwas an Walter Berglund beunruhigt mich. Mir ist so, als würde ich ihn kennen, doch ich weiß nicht woher.«

Gerade als sie die Scheune erreichten, fiel es ihr ein. »Oh, Anders! Das ist *er*!«

»Das ist wer?«

»Frau Berglunds Sohn, Walter. Er ist der Mann, der die Orgel verkauft hat!«

»Bist du dir sicher?«

»Ganz sicher!«, rief Kate aus. »Groß, mit hellbraunem Haar, blauen Augen und einem Bart. Er ist es ganz bestimmt. Ich kann es nicht fassen, dass ich das nicht kapiert habe! Hätte ich es bloß eher gemerkt! Dann hätte ich ihn fragen können, ob er etwas über die verborgene Botschaft weiß!«

»Bei der ersten Gelegenheit, die wir haben, fahren wir wieder hin«, versprach Anders.

Am darauffolgenden Tag geschah etwas Wichtiges. Nach der Schule kam Erik auf Skiern zur Windy Hill Farm. Er, Kate und Anders gingen nach draußen, um miteinander zu sprechen.

Erik hatte über etwas nachgedacht. »Josies Familie hat ihren Stier verloren. Wir haben unser Obst und Gemüse verloren. Josies Farm und unsere liegen auf zwei Seiten des gleichen Waldes. Ihr seid auf der dritten Seite.«

»Worauf willst du hinaus?«, fragte Anders.

»Keiner von uns lebt weit vom anderen entfernt.«

Jetzt begriff Anders, was er meinte. »Deshalb weiß der Dieb, wer auch immer es sein mag, möglicherweise alles über uns. Zumindest weiß er, wo wir wohnen.«

Ein ängstliches Gefühl zog Kates Magen zusammen. »Diese Vorstellung gefällt mir nicht.«

Erik fuhr fort: »Ich habe noch über etwas anderes nachgedacht. Was macht der Dieb mit den ganzen Lebensmitteln? Sie essen? Sie an jemanden verkaufen?«

»Wenn er sie verkauft, müssen wir sie bald finden«, stieß Anders hervor.

»Bevor er sie loswird?«, fragte Kate.

Erik nickte. »Wir müssen ihn mit den Sachen erwischen. Wenn es uns nicht gelingt, seid ihr vielleicht die Nächsten, die er bestiehlt. Wie lange könnt ihr euer Schwein bewachen? Was ist, wenn der Dieb den richtigen Zeitpunkt ausfindig macht, um es zu stehlen?«

Kate gefiel auch diese Vorstellung nicht.

Da fiel Anders etwas ein, was sie noch nicht versucht hatten. »Wir suchen die gesamte Umgebung unserer Farm ab und halten Ausschau, ob wir nicht irgendetwas entdecken.«

»Du meinst auf Skiern?«, fragte Kate.

Anders nickte: »Wenn wir die Schneewehen umfahren, dürfte der Schnee eigentlich nicht zu tief sein. Jeder von uns sollte in eine andere Richtung fahren.«

»Du kannst Richtung Josie fahren«, antwortete Kate.

Anders grinste, doch alles, was er erwiderte, war: »Jup!«

Erik stimmte zu. »Wenn wir nicht sehr schnell etwas finden, sprechen wir dann morgen auf dem Weg zur Schule darüber.«

»Also, wonach halten wir Ausschau?«, fragte Kate.

»Nach allem, was uns seltsam erscheint«, erklärte Erik. »Aber versuch nicht, den Dieb auf eigene Faust zu fangen. Komm zurück und sag uns Bescheid.«

»Jo, Kate«, bekräftigte Anders Eriks Worte. »Denk diesmal daran.«

Sie teilten die Gegend unter sich auf, und jeder fuhr allein los. Am Anfang genoss Kate es, einfach draußen zu sein. Mittlerweile war sie häufig genug Ski gefahren, um mit den meisten Hügeln fertig zu werden. Für Dezember war es ein warmer Tag, doch kalt genug, um gut Ski laufen zu können.

Da sie nichts Außergewöhnliches entdeckte, entfernte sie sich immer weiter von ihrer Farm. In dieser Gegend war sie noch nie gewesen, und es gefiel ihr, neue Hügel und Farmen zu entdecken. Es dauerte nicht lange, und alle Markierungspunkte, die sie kannte, lagen weit hinter ihr.

Schließlich bemerkte Kate: *Ich weiß nicht mehr genau, wo ich bin.*

Sie sah, wie sich die Sonne zum westlichen Horizont neigte. Das gab ihr eine gewisse Orientierung, die ihr helfen würde, zurückzufinden. Doch sie musste nach Hause gelangen, bevor es dunkel wurde.

»Nur noch diesen Hügel hinauf«, sagte sich Kate. Wenn sie ihn wieder hinunterlief, wäre dies ein guter Start für den Rückweg.

Als sie die Kuppe erreichte, blickte sie hinunter in ein breites Tal. Unter ihr lagen ein Haus, eine Scheune und einige kleinere Gebäude. In eine Senke geschmiegt, war die Farm an drei Seiten von Hügeln umgeben. An der vierten Seite führte eine Straße vorüber.

In diesem Augenblick fuhr gerade ein Junge in den Hof, der hoch auf dem Sitz eines Schlittens saß. Selbst aus dieser Entfernung erkannte Kate ihn. Sie hob die Hand, um zu winken und zu rufen.

Doch augenblicklich spürte sie ein Unbehagen. Sie schnallte ihre Skier ab, duckte sich und lugte hinter einer kleinen Kiefer hervor. Der Junge begann, Zweige vom Schlitten zu werfen. Dann ging er in die Scheune, brachte Stroh heraus und fügte es dem Stroh bei, das bereits im Schlitten lag.

Als er in das Haus eilte, kroch Kate unter dem Baum ein Stück vor, um mehr zu sehen. Schon kam der Junge mit einer hölzernen Kiste heraus, stellte sie in den Schlitten und ging zurück in das Haus. Mehrere Male eilte er hin und zurück, jedes Mal mit einer weiteren Kiste.

Zweimal machte er Pause und schaute sich um, als fühle er sich unbehaglich. Kate duckte sich tiefer. Mit jeder Kiste, die der Junge zusätzlich in den Schlitten brachte, wuchs ihre Neugier. *Was macht er da?* Es war seltsam, dass niemand ihm half. Zu dieser Tageszeit hätte sein Vater zu Hause sein müssen.

Zum Schluss deckte der Junge die Kisten mit Steppdecken und Pferdedecken zu. Obendrauf legte er die langen Äste, die er vom Schlitten genommen hatte. Dann verschwand er noch einmal im Haus.

Eine Zeit lang wartete Kate. Für den Fall, dass er nicht zurückkam, beschloss sie: »Ich fahre hinunter und werde nachsehen, was er in den Kisten versteckt.«

Da erinnerte sie sich an Eriks Worte. »Versuch nicht, den Dieb auf eigene Faust zu fangen.«

»Jo, Kate«, hatte Anders zugestimmt.

Ein Dieb? So wollte Kate den Jungen nicht bezeichnen. Sie kannte ihn nur als Stretch.

Während Kate auf dem Hügel blieb, um mehr zu beobachten, wurden die Schatten auf dem Schnee länger. Als sie vor Kälte zu zittern begann, fiel ihr ein, dass sie vor Einbruch der Dunkelheit nach Hause kommen musste.

Wenigstens wusste sie nun, wo sie war. Aber jetzt beunruhigte sie dieses Wissen.

Auf dem Heimweg dachte Kate über Stretch nach. *Hatte er Josies Stier gestohlen? Was versteckte er in die-*

sen Kisten? Sie wusste wirklich nichts Neues. Aber sie war sich sicher, dass Stretch schuldig ausgesehen hatte. *Was verbarg er?*

Mit jeder Frage wurde Kate aufgebrachter. Obwohl Stretch beliebt war, hatten Anders, Erik und Lars sich von ihm zurückgezogen, weil sie spürten, dass sie ihm nicht trauen konnten.

»Anders hat mich gewarnt«, murmelte Kate. »Doch ich habe nicht auf ihn gehört. Wie konnte ich so dumm sein?« Kate wurde verlegen, wenn sie daran dachte, wie sie sich gewünscht hatte, dass Stretch sie mögen würde. Sie hatte Stretch sogar vor Anders verteidigt. »Was wird Anders sagen, wenn ich ihm alles erzähle?«

Kate begann mit sich selbst zu argumentieren. »Ich habe keinen Beweis. Ich vermute nur etwas. Was ist, wenn ich etwas sage, und Stretchs Freunde bekommen es heraus?« Es war nicht schwer zu erraten, was sie tun würden, wenn sie Stretch verriet. Ihr Singsang schien bereits in Kates Ohren zu klingen: »Petzliese, Petzliese!«

Doch dann kam Kate ein noch schlimmerer Gedanke. *Was geschieht, wenn ich es sage, und Stretch erfährt es? Würde er versuchen, es mir mit gleicher Münze heimzuzahlen?*

Plötzlich hatte Kate Angst. Große Angst. Sie dachte an die verborgene Botschaft und an die Worte *fürchte mich*. Genau das empfand sie.

»Ich brauche überhaupt nichts zu tun«, beschloss sie. »Ich behaupte einfach, ich habe Stretch nicht gesehen.«

Dezembersturm

Als die Sonne hinter den entfernten Hügeln verschwand, fuhr Kate in den Hof der Windy Hill Farm. Sie fand Anders im Stall beim Melken der Kühe.

»Hast du irgendetwas gesehen?«, fragte sie, bevor er sie fragen konnte.

Er schüttelte den Kopf und richtete einen Milchstrahl auf eine Katze. »Wie steht es mit dir?«

Kate zuckte die Schultern, sah Anders jedoch nicht ins Gesicht. Sie lehnte ihre Skier gegen eine Wand und ließ sich auf einen Strohhaufen fallen. Die Katze ließ sich auf dem Boden nieder, um die Milch von ihrem Fell zu lecken.

Nach einer Weile fragte Anders: »Ist etwas nicht in Ordnung?«

»Was meinst du damit?« Kate wollte nicht reden. Sie wollte auf keinen Fall erzählen, was sie gesehen hatte.

Doch Anders ließ sich nicht beirren. »Du bist anders als sonst!«

Kate war überrascht, dass er es bemerkt hatte. Sie war nicht bereit, seinem Blick zu begegnen. Als das Schweigen zwischen ihnen andauerte, fröstelte sie schließlich und erklärte: »Ich gehe ins Haus, um mich aufzuwärmen.«

»Warum wartest du nicht eine Minute? Ich bin

fast fertig.« Anders hängte den Milcheimer an einen Nagel außer Reichweite der Katzen.

»Mir ist kalt«, erwiderte sie, wobei sie ihn immer noch nicht anschaute.

Seine nächsten Worte klangen für Anders völlig ungewöhnlich. »Kate, ich weiß, es muss schwer sein, es zu glauben. Aber ich *bin* dein Bruder.«

»Mein Bruder?« Kate stieß ein kurzes, gereiztes Lachen hervor, das so kalt wie Eis klang. »Bist du das wirklich?«

Bevor sie es verhindern konnte, schossen ihr Tränen in die Augen und liefen die Wangen hinunter. Sie drehte sich um, weil sie nicht wollte, dass Anders sie weinen sah, und weil sie ihm keinen weiteren Grund zum Aufziehen geben wollte. Es war alles mehr, als sie ertragen konnte.

Schließlich nahm Kate einen langen, zitternden Atemzug und blickte Anders an. Beinah hätte sie geglaubt, dass er verlegen aussah, doch sie wusste es besser.

»Ich meine es ernst, Kate. Du kannst mir sagen, was los ist.«

Kate putzte sich die Nase. In diesem Augenblick dachte sie nicht mehr an ihre Furcht und daran, was Stretch tun könnte, sondern daran, wie oft Anders ihr geholfen hatte. Sie erinnerte sich daran, wie schön es war, als sie, Mama und die Nordstroms eine Familie wurden, indem sie zusammenarbeiteten.

Aber wenn ich Anders alles erzähle, was wird er sagen?

Im nächsten Augenblick wurde Kate etwas deutlich. Das Gespräch mit Mama am Tag, als Tina in den Baum geklettert war, hatte etwas bewirkt. Als sie Gottes Vergebung empfangen hatte, war etwas geschehen. *Anders soll mich ruhig aufziehen. Doch was macht das? Gott liebt mich, so wie ich bin.*

Der Gedanke war neu für Kate; er gab ihr Mut zum Sprechen. Zuerst berichtete sie stockend, doch dann immer schneller und fließender. Zu ihrer Überraschung war es eine Erleichterung, Anders alles zu sagen, was geschehen war.

Als sie geendet hatte, schaute Anders sie durchdringend an. »Warum hast du mir nicht erzählt, dass du mit Stretch zum See hinuntergegangen bist?«

»Ich hatte Angst, was du dazu sagen würdest.«

»Und weshalb hattest du Angst, mir zu erzählen, was du gerade herausgefunden hast?«

»Ich dachte, du würdest mich aufziehen, weil ich mich für Stretch eingesetzt hatte.«

Anders höhnte: »*Darüber* machst du dir Sorgen?« Doch dann fügte er hinzu: »Kate, ich werde dich niemals aufziehen, wenn es um wichtige Dinge geht. In Ordnung?«

Er streckte seine Hand aus und wartete darauf, dass sie einschlug. Als sie es tat, zwinkerte er. Kate wusste: Das war wieder der alte Anders.

»Aber bei unwichtigen Dingen –«

Kate zog ihre Hand zurück und haute ihm auf die Schulter. »Ich weiß. *Du* wirst derjenige sein, der entscheidet, was wichtig ist!«

Seine Augen leuchteten vor Lachen, und Kate wusste: Sie hatte seine Gedanken erraten. Sie erinnerte sich an Papa Nordstroms Worte: »Du wirst dir die Anerkennung von Anders erkämpfen müssen.«

Kate hörte sich wie ihr Bruder an, als sie schließlich sagte: »Also gut. Denk besser darüber nach, was jetzt zu tun ist.«

»Wir müssen uns sicher sein«, erwiderte Anders. »Ist Stretch der Dieb, oder ist er es nicht?«

Anders strich seinen blonden Haarschopf zurück und dachte einen Augenblick nach. Dann meinte er: »Ich werde morgen auf dem Weg zur Schule mit Erik sprechen. Du beschäftigst Lars und Chrissy so lange. Wenn sie irgendetwas ausplappern, würde Stretch es erfahren. Wir müssen auch herausfinden, welchem Erwachsenen wir uns anvertrauen können.«

»Ohne dass irgendjemand erfährt, dass wir darüber gesprochen haben«, fügte Kate hinzu.

»Aber wie?« Anders sah besorgt aus.

Es kamen ihnen verschiedene Gedanken, über die sie nachdachten. Schließlich meinte Kate: »Wir müssen einen Weg finden, um Big Gust zu benachrichtigen.«

Kate und Anders hatten den 2,28 Meter großen Marshal nicht wiedergesehen, seitdem sie den Fall des geheimnisvollen Fremden gelöst hatten. Sie fuhren selten die elf langen Meilen nach Grantsburg.

»Kann er denn jemanden hier auf dem Land festnehmen?«, fragte Kate.

Anders zuckte die Schultern. »Ich weiß es nicht.

Vielleicht müsste da der Bezirksmarshal Charlie Saunders kommen.«

»Big Gust kann uns jedenfalls sagen, was wir zu tun haben.«

»Wenn wir, was Stretch betrifft, richtig vermuten, müssen wir es beweisen können«, warnte Anders.

Kate seufzte. »Hätte ich nur sehen können, was sich in diesen Kisten befand!«

»Hast du eine Vermutung?«

Kate schüttelte den Kopf. »Ich weiß nur, dass Stretch nicht wollte, dass der Inhalt der Kisten gefrieren konnte. Er hat die Kisten mit Steppdecken und Pferdedecken zugedeckt.«

»Also sind wir wieder beim gleichen Problem – wir brauchen Beweise.«

Kate stimmte zu. »Ansonsten steht unser Wort gegen sein Wort.«

Anders' Augen funkelten. »Und wir müssen diesen Beweis finden, bevor er das loswird, was er verbirgt.«

Während der Nacht versah ein feuchter Schnee die dunklen Zweige der Bäume mit weißen Umrissen. Als Kate, Anders und Lars zur Schule stapften, neigten sich die Nadelbäume tief unter dem schweren Schnee. Kate trödelte hinterher und genoss die Schönheit der Wälder.

An der Weggabelung trafen sie Erik und seine Schwester. Anders schaute Kate an und deutete mit dem Kopf zu Lars und Chrissy.

Als Kate sich zu ihnen gesellte, schien Lars überrascht zu sein. Kate hatte kaum mit ihm gesprochen, seitdem sie die Maus in ihrem Bett gefunden hatte.

»Der letzte Schultag vor den Weihnachtsferien!« Kate zwang sich, fröhlich zu erscheinen. Zum ersten Mal in ihrem Leben hatte sie kaum an die Ferien gedacht, weil so viele andere Dinge geschehen waren.

Chrissys Augen leuchteten, wenn sie an die Pläne für die Schulfeier an diesem Nachmittag dachte.

Lars sah einer anderen Sache erwartungsvoll entgegen. »Morgen ist Weihnachtsabend«, sagte er. Doch dann stellte er die Frage, vor der Kate sich fürchtete. »Wird Papa an Weihnachten zu Hause sein?«

Mama, Kate und Anders sprachen diese Frage nicht mehr laut aus. Sie stellten sie nur noch in ihren Herzen.

Wie gerne hätte Kate Lars geantwortet: *Ja, er wird hier sein!* Sie wünschte, sie könnte dieses Versprechen geben. Stattdessen musste sie antworten: »Ich weiß es nicht, Lars. Ich weiß es nicht.«

In Kate brannte die Hoffnung, dass Papa zu Hause sein würde. *Morgen ist Weihnachtsabend,* wiederholte sie in Gedanken. Sie überlegte, ob Papa sich nicht irgendwo in der Kälte auf dem Weg zur Windy Hill Farm befand.

Trotz der negativen Antwort war Lars erleichtert, dass Kate wieder mit ihm sprach. Bald verfiel er in seine alte Art, ihr alles Mögliche zu erzählen.

Einmal blickte Kate vorsichtig über ihre Schulter. Anders und Erik waren ein Stück zurückgeblieben, sie gingen langsam. Es bestand kein Zweifel, dass Anders Erik von ihrer Entdeckung erzählte. Sie überlegten sicher, was zu tun sei.

Doch dann fiel Kate ein, was Anders gesagt hatte. »Wir müssen es beweisen können. Und wir müssen diesen Beweis finden, bevor Stretch die Sachen loswird.«

Bald nachdem sie die Schule erreicht hatten, verdunkelte sich der Himmel, und es begann wieder zu schneien. Gegen Mittag versperrte der Schnee bereits den Blick auf den Spirit Lake.

Kalte Luft drang durch die Astlöcher im Boden, und Kate spürte, wie die Temperatur sank. Dann kam Wind auf und wirbelte den Schnee um die Ecken der Schule.

Oft ging Fräulein Sundquist an das Fenster und schaute zum Himmel. Schließlich trat sie hinaus auf die Veranda. Als sie zurückkam, hatte sie Mühe, die Tür zu schließen, so stark blies der Wind.

»Wir werden leider unsere Weihnachtsfeier nicht durchführen können«, erklärte sie, und die Kinder stöhnten enttäuscht auf. »Stattdessen werde ich euch früher nach Hause schicken. Geht auf geradem Weg und ohne Aufenthalt. Haltet nicht an, um auf dem Weg zu spielen.«

Kate war sich nicht sicher, ob sie lieber feiern oder früh aus der Schule kommen wollte. Gleichzeitig war sie enttäuscht. Der Schneesturm würde es noch schwerer machen, nach Grantsburg zu gelangen und mit Big Gust zu sprechen.

Als alle aus der Schule stürmten, steckte Kate die langen Enden ihres Schals in den Kragen ihres Mantels. Dann folgte sie Anders und Erik hinunter zum Bach.

Durch den fest gewordenen Schnee war der Baumstamm glitschig geworden. Diesmal neckte Anders sie nicht. Er streckte den Arm aus, um Kate bei der Hand zu nehmen, und half ihr hinüber.

Erik führte Chrissy, und Lars schaffte es allein hinüber. Während sie den Weg hinter der Schule hinaufstiegen, schützte der Hügel sie. Als sie sich der Kuppe näherten, wehte ihnen jedoch ein kalter Wind um die Ohren, obwohl der Wald einen gewissen Schutz bot.

Schließlich kamen sie an eine Lichtung, auf der die Stümpfe erst kürzlich gefällter Bäume standen. Der Wind heulte dort über die breite, offene Fläche. Starke Windböen wirbelten den frisch gefallenen Schnee hoch und wehten ihn in Wolken auf sie zu.

Den Pfad und die Spur ihres Hinwegs zur Schule hatte der Wind bereits ausgelöscht. Anders übernahm die Führung, indem er einen neuen Weg bahnte. Lars folgte als Nächster. Erik zog seine Füße nach, um den Weg für die Mädchen leichter zu machen. Kate ging als Letzte hinter Chrissy.

Der Wind schlug Kate direkt ins Gesicht, und ihre Augen begannen zu tränen. Der treibende Schnee stach ihr in die Wangen. Es war, als würden tausend Nadelstiche sie treffen.

Kate blieb stehen, wickelte ihren langen Schal ab, schlang ihn um Stirn, Nase und Mund und ließ nur die Augen unbedeckt.

Als sie wieder losging, versperrte ihr der fallende Schnee den Blick auf die anderen. In dieser kurzen Zeit waren sie ein gutes Stück weitergegangen.

Kurz verspürte Kate Panik. Dann rief Erik: »Komm weiter, Kate! Beeil dich.«

»Ich kann euch nicht sehen!«, rief sie zurück.

»Komm weiter in Richtung meiner Stimme«, schrie er durch den Wind. »Folg den Fußspuren.«

Als sie die anderen einholte, ermahnte Erik sie: »Jetzt sieh zu, dass du nicht noch mal zurückfällst.«

Sie stapften weiter, um keine Kraft mit Reden zu verschwenden. Kate war erleichtert. Der größte Teil des übrigen Weges würde sie durch Wald führen. Aber auch hier machte der tiefer werdende Schnee jeden Schritt schwer.

Der Schnee wird uns zu Hause festhalten, dachte Kate. *Wir können nicht zu Big Gust kommen.*

Während sich Enttäuschung in ihr breitmachte, kamen sie an die Gabelung, die zu Eriks Farm führte. Kate wünschte sich, sie könnten alle zusammenbleiben. Doch es gab keine Möglichkeit, Eriks Eltern zu benachrichtigen, wo er und Chrissy waren, wenn sie auf der Windy Hill Farm blieben.

»Was immer geschieht, geh weiter«, sagte Erik zu Kate. Er schien viel älter zu sein als dreizehn Jahre.

Einen Augenblick später verschwanden er und Chrissy im wirbelnden Schnee. Kate stapfte weiter, sich dicht hinter Lars haltend. Anders behielt die Führung und bahnte den Weg.

Plötzlich hörte Kate einen Schrei. Als sie vorlief, fand sie Anders, der sich im Schnee wälzte. »Was ist passiert?«

Durch zusammengebissene Zähne presste Anders hervor: »Mir ist, als hätte mir jemand ein Messer in den Fuß gejagt.«

Er versuchte aufzustehen, und Kate reichte ihm eine Hand. Anders winkte sie zur Seite. »Ich kann das schon!« Doch er verlor das Gleichgewicht und fiel stöhnend wieder zu Boden.

Diesmal ließ Anders sich von Kate und Lars in eine sitzende Stellung helfen. Bei jeder Bewegung versuchte er, seinen linken Fuß zu schonen. Kate zog ihren Handschuh aus und streckte die Hand aus, um den Schnee von Anders' Stiefel zu wischen.

»Fass ihn nicht an!«, protestierte er.

»Was ist passiert?«, fragte Kate erneut.

»Ich konnte den Weg nicht sehen.« Anders knirschte mit den Zähnen.

Kate erkannte neben dem Weg zwei kleine Stämme. Sie lagen dicht nebeneinander, teilweise von Eis und Schnee bedeckt. Anders musste auf dem ersten vereisten Stamm ausgerutscht sein und seinen Fuß zwischen den Stämmen eingeklemmt und verrenkt haben.

»Was soll ich tun?«, wollte Kate wissen.

Zu ihrem Erstaunen richtete Lars an Anders die Frage: »Kannst du deine Zehen anziehen?«

Anders zuckte bei der Anstrengung zusammen, nickte jedoch. Selbst durch den wirbelnden Schnee sah Kate sein schmerzverzerrtes Gesicht.

In ihrem Magen empfand sie ein Gefühl der Leere und wusste: Es war Angst, durch und durch Angst. An dem Tag, als sie durch das Eis gebrochen war, hatten Erik und Anders sie den größten Teil des Weges zur Schule getragen. Sie und Lars waren jedoch nicht stark genug, um Anders zu tragen.

»Meinst du, du kannst laufen?«, fragte sie Anders.

Er zuckte die Schultern, als wüsste er, dass er keine andere Wahl hatte.

Wieder wusste Lars, was zu tun war. »Ich muss zuerst seinen Stiefel richten.«

Kate schaute ihn an, als wollte sie fragen: »Woher weißt du das?«

Lars schien ihre Gedanken zu erahnen. »Papa hat sich einmal im Wald verletzt. Er hat mir gesagt, was man tun muss.«

Anders trug Papas alte Arbeitsstiefel. Lars kniete sich vor Anders in den Schnee, öffnete den Stiefel am verletzten linken Fuß und lockerte ihn. Der Knöchel sah bereits geschwollen aus.

Anders biss sich auf die Unterlippe und unterdrückte den Schmerz. Ihm standen Tränen in den Augen.

Ich habe Anders noch nie zuvor weinen sehen, dachte Kate. Zu einer anderen Zeit hätte Kate ihn aufgezogen. Stattdessen empfand sie nur noch mehr Angst.

»Leg deine Arme um unsere Schultern«, forderte sie ihn auf. Dann zogen sie und Lars Anders nach oben.

»Wir werden es schon schaffen«, erklärte sie und versuchte Sicherheit auszustrahlen. Doch ihre Worte schienen sich in der Schneeluft aufzulösen.

Anders trat behutsam mit seinem verletzten Fuß auf, wobei er so viel Gewicht wie möglich auf den gesunden Fuß legte. Während er daherhumpelte, sah Kate, wie er sich auf die Unterlippe biss, um gegen den Schmerz anzukämpfen.

Er war so viel größer und schwerer als sie, dass Kate bald erschöpft war. *Was können wir tun?*, fragte sie sich verzweifelt. *Wie können wir ihn nach Hause bekommen?*

Im nächsten Augenblick stolperte Anders und stürzte nach vorn.

Pfiffe in der Dunkelheit

Kate und Lars fingen Anders gerade zur rechten Zeit auf. Sein Gesicht sah aschfahl aus. Auf seiner Oberlippe standen Schweißperlen.

»Was können wir jetzt tun?«, fragte Kate laut. Als weder Anders noch Lars antworteten, hallte diese Frage in ihren Gedanken nach.

Plötzlich fiel Kate der Unterschlupf ein, den sie im November gebaut hatte und wohin sie gegangen war, wenn sie allein sein wollte, fort von Anders und Lars und ihren Hänseleien.

Der große Felsen und der Unterschlupf waren nicht weit entfernt. Dort wäre Anders vor dem Wind geschützt, während sie Hilfe herbeiholen konnte. Ein Gedanke hielt Kate jedoch zurück. *Es wäre dann nicht mehr mein Geheimnis.*

Eine Windböe fegte den Weg hinunter und ihnen entgegen. Mit ihr erreichte sie der Schmerz all der Situationen, in denen Anders sie geärgert hatte. *Und Lars ist kein bisschen besser,* sagte sich Kate, als sie an die Maus im Bett dachte.

Ihre Schulter schmerzte unter Anders' Gewicht. Sein Atem ging schwer.

»Du bist stark«, ermutigte sie Anders. »Du kannst es schaffen.«

Doch Anders stolperte wieder. Nie zuvor hatte Kate ihn so hilflos gesehen.

Lars blieb stehen. »Er kann nicht den ganzen Weg nach Hause gehen. Nicht bei diesem Sturm.«

Kate wusste, dass Lars recht hatte. So deutlich, als habe Anders die Worte laut ausgesprochen, erinnerte sie sich an seine Worte: *Kate, ich bin dein Bruder.*

Sie standen in Nähe der großen Eiche und der Birkengruppe, die den Weg zu ihrem Unterschlupf markierten. »Hier lang«, erklärte sie und deutete mit ihrem Kopf vom Weg aus nach links.

In ein paar Minuten erreichten sie den großen Felsen und den Unterschlupf, den Kate sich gebaut hatte. Der feuchte Schnee der vorherigen Nacht hing noch immer an den aufgestellten Ästen und füllte die Lücken aus.

»Halt Anders fest«, befahl sie Lars.

Kate ging am Eingang auf die Knie und kroch hinein. Sofort spürte sie den Unterschied. Hier, wo der Wind nicht hinkam, war es wärmer. Der Schnee auf den Ästen bot sogar noch zusätzlichen Schutz.

Ziehend und zerrend halfen sie Anders in den Unterschlupf. Lars zog seinem Bruder den Stiefel aus und schob Schnee unter den verletzten Fuß, um ihn abzustützen.

Kate zog zuerst ihren Mantel, dann einen Pullover aus. Als sie den Pullover um seinen Fuß wickelte, zuckte Anders zusammen. Selbst im Halbdunkel sah man, wie geschwollen der Knöchel war.

»Sorg dafür, dass er nicht hinausgeht«, sagte Kate zu Lars, als sie wieder in ihren Mantel schlüpfte.

Wenn Anders wieder aufbrach, würde sie die beiden vielleicht nicht finden.

»Warum bleibst du nicht auch hier?«, fragte Lars.

»Vielleicht sollte ich«, antwortete Kate und schaute zu Anders. Zum ersten Mal, seit sie Anders kannte, war er nicht in der Lage, ihr bei einer Entscheidung zu helfen.

Dann dachte Kate an Mama. Sie würde sich Sorgen machen und sich fragen, wo sie blieben. Und sie würde keine Möglichkeit haben, loszugehen und nach ihnen zu suchen. Als Anders vor Schmerz zitterte, fasste Kate ihren Entschluss. »Vielleicht wird es die ganze Nacht schneien.«

»Ich werde gehen«, bot Lars an.

»Wir benötigen Wildfire«, sagte Kate. »Du hast sie noch nie angeschirrt.« Lars war noch kleiner als sie. Kate wickelte den langen Schal einmal mehr um ihr Gesicht.

»Bleib nicht stehen«, mahnte Lars, die Worte Eriks wiederholend. »Geh weiter, egal, was geschieht.«

Außerhalb des Unterschlupfs spürte Kate wieder den Wind. Ganz in der Nähe wurde der Baumbestand dünner, und das Ufer fiel steil zum Rice Lake ab. Kate wandte sich in die entgegengesetzte Richtung, um den Waldweg zu erreichen.

Kurz nachdem sie zur Windy Hill Farm gezogen war, hatte sie sich in den Wäldern verirrt. Damals hatte sie sich nach der Sonne gerichtet und war in eine bestimmte Richtung gegangen. Doch heute war keine Sonne da, nur beständig fallender Schnee.

Als Kate bei der Birkengruppe und der großen Eiche, ihren Markierungspunkten, ankam, bog sie auf den Weg ein.

Schnee verdeckte den Pfad, den sie täglich getreten hatten. Kate hielt Ausschau nach der Öffnung zwischen den Bäumen.

»Wo bist du, Papa?«, murmelte sie, während sie weiter voranstapfte. »Bist du auch draußen in diesem Sturm?«

Nachdem sie eine Zeit lang gegangen war, kam Kate zu dem Teil des Wegs, der am Rice Lake vorbeiführte. Erneut schlug ihr die volle Kraft des Windes entgegen. Sie rang nach Atem und beugte den Kopf tief hinunter.

Von Zeit zu Zeit drehte sie dem Wind den Rücken zu und blickte sich um, damit sie die Orientierung nicht verlor. Sie marschierte rückwärts und schleppte sich dabei mühsam weiter. Die Schneebänke sahen einladend aus – so einladend wie ein großes, weiches Bett.

Ich bin müde, dachte Kate und hätte sich am liebsten hingelegt.

»Geh weiter, egal, was geschieht«, hatte Lars gesagt.

Ich werde nur für eine Minute ausruhen.

»Was immer geschieht, geh weiter«, hatten sowohl Erik als auch Lars gesagt.

Jetzt wusste Kate warum. Sie wollte nur noch schlafen.

Sie drehte sich wieder mit dem Gesicht zum Wind,

und schließlich bemerkte sie eine Erhebung unter den Füßen. Sie war über den kleinen Quellbach gekommen, der am Fuhrweg entlanglief, ohne dass sie es gemerkt hatte. Schritt für Schritt stieg sie den steilen Hügel in der Nähe des Farmhauses hoch. Als sie oben ankam, erspähte sie ein schwaches Leuchten. Mama hatte eine Kerze ins Fenster gestellt!

Kate ging auf das Licht zu. Schließlich stieß sie die Küchentür auf und stolperte hinein.

»Kate!«, rief Mama aus. Sie drückte Kate fest an sich. Es war ihr egal, dass Kates Mantel voller Schnee war.

Tinas blaue Augen schauten erstaunt, doch es war Mama, die fragte: »Wo sind Anders und Lars?«

Als Kate es ihr erzählte, rief Mama aus: »Oh Kate! Ich wünschte, du könntest hierbleiben. Ich wünschte, Papa wäre da, um zu gehen.« Sie lief schnell zum Herd und setzte einen Kessel auf das Feuerloch, um Kakao zu kochen.

Kate schüttelte ihren Mantel aus und zog einen warmen, trockenen Pullover über. »Ich wünsche mir auch, Papa wäre hier«, sagte sie. Ihre Stimme hörte sich dabei so kleinlaut an, wie sie sich fühlte. »Aber vor Kurzem hat Anders mir gezeigt, wie ich mit Wildfire umgehen muss.«

Sie bemerkte, wie ein Ausdruck der Überraschung über Mamas Gesicht huschte und schnell wieder verschwand.

Kate zog ihren Mantel erneut an und stapfte durch den Schnee zum Stall. Jetzt, wo sie keine Wahl mehr hatte, fragte sie sich, ob sie sich an alles erinnern würde, was Anders ihr über den Umgang mit einem Pferd beigebracht hatte. Mit dem Zaumzeug in der Hand trat sie in Wildfires Box.

»Komm her, mein Mädchen«, forderte sie die Stute auf. Doch ihre Stimme erscholl piepsig und leise. Wildfire rührte sich nicht.

»Komm her«, sagte Kate nochmals – so energisch, wie sie konnte.

Diesmal setzte Wildfire sich in Bewegung. Kate zog sich hoch auf den Futtertrog, streifte das Halfter ab und hielt das Zaumzeug hoch.

Ihre Hände zitterten, als sie Wildfires Maul nach der richtigen Stelle abtastete, um es zu öffnen. Vorsichtig schob sie den Biss hinein.

Als Nächstes kamen Geschirr, Bauchgurt und Bügel. Kate prüfte tastend die Gurte und Schnallen. Schließlich nahm sie die Farmlaterne und führte Wildfire aus dem Stall.

Als sie die Stute rückwärts zwischen die Stangen des Schlittens führte, stockte ihr kurz der Atem. Was würde geschehen, wenn Wildfire durchging? Kate wusste: Sie konnte sie nicht wie Anders halten.

Schnell nahm Kate das Führungsseil und band es ans Geländer. Während sie noch mit dem Pferd sprach, schirrte sie es am Schlitten fest.

Es schien eine Ewigkeit zu dauern, bis sie alles fertig hatte. Schließlich zündete sie die Laterne an, stellte sie in den Schlitten und stieg hinein. *Ich bin bereit – zumindest denke ich es!*

Mama eilte aus dem Haus und reichte ihr einen schweren Korb hoch. Sie hatte Gläser mit Kakao gefüllt und eingewickelt, damit sie warm blieben. »Ich werde für euch beten!«, rief sie durch den Wind, dann trat sie von den Kufen zurück.

Kate nahm die Zügel in eine Hand, winkte und trieb das Pferd an. Sie ahnte, welche Sorgen Mama empfinden musste, drehte sich noch einmal um und warf ihr einen Kuss zu.

Für einen Moment lächelte Mama. Die Sorge in ihren Augen verschwand. Bevor der Schnee sie verschluckte, schickte Mama einen Kuss zurück.

Kate spürte innerlich ein Gefühl der Wärme. Sie vergaß nicht, einen Zügel in die andere Hand zu nehmen, und dachte an ihr erstes Schuljahr. Damals hatte sie sich gefürchtet, allein in eine große, neue Welt zu treten.

Anfangs hatte Mama sie immer zur Schule in Minneapolis gebracht. Dann bat Mama andere Kinder, sie mitzunehmen. Als Kate sich immer noch fürchtete, begann Mama ein Spiel. Sie stellte sich an ein Fenster, das zur Straße zeigte, und winkte, und Kate winkte zurück. Dann warf Kate ihr einen Kuss zu, und Mama erwiderte ihn.

Das alte Zeichen funktionierte noch. Jetzt bedeutete es Kate noch mehr. Trotz allem, was geschehen war, besaß sie keinerlei Zweifel daran, dass Mama sie liebte.

Am Fuß des steilen Hügels stieß Kate einen Pfiff aus. Lutfisk kam angesprungen, und Kate war froh, dass sie gelernt hatte, ihn zu rufen. Sie schlug mit den Zügeln, und Wildfire fiel in Trab.

Mittlerweile war an diesem Dezembernachmittag langsam die Dämmerung hereingebrochen. Entlang des Rice Lake hatte der Wind den Weg frei geweht. An anderen Stellen lag der Schnee in hohen Schneewehen.

Nahe beim Waldrand reichte eine dieser Schneewehen bis an die Brust des Pferdes. Wildfire zögerte, und Kate rief: »Komm, Mädchen. Geh weiter!«

Schnee stob hoch, als Wildfire vorwärtstauchte. Der Schlitten kippte leicht, dann fiel er zurück auf die Kufen. Kate schluckte ihre Angst hinunter und rief: »Gutes Mädchen! Mach weiter so!«

Die Ohren der Stute spitzten sich und drehten sich in die Richtung, aus der Kates Stimme ertönte. »Gutes Mädchen!«

Als sie in den Wald kamen, wurde die Dämmerung tiefer. Kate fasste die Zügel fester. Sie trieb das Pferd weiter und versuchte, es auf dem ausgetretenen Pfad zu halten, der jetzt von Neuschnee verdeckt war.

Einmal kam Wildfire vom Weg ab und wankte in den tiefen Schnee. Kurz bleib sie stehen und stampfte auf den Boden. Als sie den Pfad wiederfand, legte sie sich erneut ins Zeug.

Langsam wurde die Dämmerung zur Nacht. Kate zog die Zügel an, um Wildfire anzuhalten. Sie nahm den langen Metallgriff der Farmlaterne und hielt sie empor. Auf beiden Seiten des Pfads entdeckte Kate Bäume. Keiner von ihnen kam ihr bekannt vor.

Eine Windböe fegte zwischen die Bäume. Die Laterne flackerte, blieb aber an. Kate stellte sie neben ihre Füße, nahm die Zügel und schlug sie auf Wildfires Rücken.

Ein paar Minuten später hielt Kate erneut an und hielt die Laterne hoch. Diesmal war sie noch verwirrter. »Wo sind wir?«, murmelte sie, da sie auch hier die Bäume nicht wiedererkannte.

In diesem Augenblick flackerte die Laterne und verlosch. Die tiefe Dunkelheit der Wälder umschloss Kate. Mit Erschrecken erkannte sie: Sie hatte vergessen, die Laterne mit Petroleum zu füllen!

Aber sie hatte keine andere Wahl, sie musste weiterfahren. Als Wildfire sich wieder in Bewegung setzte, bellte Lutfisk. Kate spähte in die Nacht. Ganz gleich, wie sehr sie ihre Augen anstrengte: Sie konnte die große Eiche und die Birkengruppe nicht entdecken.

Die Angst in ihr wuchs, und sie rief laut: »Anders! Lars!« Aber der Wind warf ihre Stimme zurück. Es war kaum möglich, dass jemand sie hörte.

Kate nahm beide Zügel in eine Hand und zog ihre Handschuhe aus. Mit Daumen und Finger zwischen den Lippen stieß sie einen schrillen Pfiff aus, der die Luft durchschnitt.

Einen Augenblick lang horchte Kate. Lutfisk bellte und rannte neben dem Schlitten her. Kein weiteres Geräusch war zu hören.

Kates Angst steigerte sich zur Panik. Noch einmal stieß sie einen scharfen Pfiff aus. Würde sie eine Antwort erhalten?

Als sie ein drittes Mal pfiff, durchdrang als Antwort ein anderer Pfiff die Luft. Lutfisk stürmte davon und verschwand in der Dunkelheit.

Sie sind hinter mir.

Kate pfiff noch einmal. Als sie die Antwort hörte, war sie sich sicher. »Ich bin zu weit gefahren!«, murmelte sie. »Ich bin an ihnen vorbeigefahren!«

Der Pfad war zu eng, um den Schlitten zu wenden. Wildfire stapfte weiter. Kate hörte noch einen weiteren Pfiff. Dann verhallte er.

Schließlich verschwand der schwache Umriss der Bäume auf beiden Seiten des Wegs. Als Kate das Feld erreichte, zog sie die Zügel an. Sie wendete Wildfire und fuhr wieder in den Wald hinein. Während sie die Dunkelheit durchdrangen, pfiff Kate mehrere Male. Schließlich hörte sie die Antwort. Da tauchte auch schon die Gruppe der weißen Birken aus der Dunkelheit auf.

Kate hielt Wildfire an, sprang vom Schlitten und band die Stute an einen Baum. Dann nahm sie Mamas Korb mit dem heißem Kakao und bog vom Weg ab.

Eine neue Angst stieg in ihr hoch. *Was geschieht, wenn ich den Unterschlupf verpasse? Ich würde das steile Ufer neben dem Felsen hinunterfallen!*

Die flackernde Kerze

Kate blieb ganz ruhig stehen. Noch einmal zog sie ihren Handschuh aus und pfiff. Durch den wirbelnden Schnee kam die Antwort – lang und deutlich.

Lutfisk stürmte aus der Dunkelheit auf Kate zu. Als sie sich hinunterbeugte, um ihn zu streicheln, sprang er an ihr hoch und bellte. Dann schoss er davon. In kurzer Entfernung hielt er an und wartete, dass sie ihm folgte.

Sie holte ihn ein, und er stürmte wieder los. Jedes Mal, wenn der Hund vorauslief, blieb er anschließend nahe genug wieder stehen, sodass Kate ihm folgen konnte.

Es dauerte nicht lange, da hörte sie Lars rufen: »Kate, hierher!« Lutfisk hatte sie zum Unterschlupf gebracht.

Als sie die Öffnung erreichte, taumelte sie hinein. Nach der Dunkelheit und dem Schneesturm war der Unterschlupf warm und sicher.

Nachdem sie sich mit dem heißen Kakao aufgewärmt hatten, halfen Kate und Lars Anders aus dem Unterschlupf hinaus. Er legte seine Arme wieder um ihre Schultern, und sie gingen los. Bald erreichten sie sicher den Schlitten.

Sie halfen Anders beim Einsteigen, doch er stieß sich am Bein und stöhnte auf. Als er endlich im

Schlitten saß, stieß er mit zusammengebissenen Zähnen hervor: »Gib Wildfire ihren Willen. Sie wird den Weg nach Hause finden.«

Kate schlug leicht die Zügel und Wildfire machte einen Satz nach vorn. Sie kamen nur langsam voran, da die Stute sich immer wieder durch Schneewehen kämpfen musste. Schließlich erreichten sie die Kuppe des Hügels und das Farmhaus. Diesmal hatte Mama drei Kerzen ins Fenster gestellt.

Als sie die Küche erreichten, schaute Kate Anders ins Gesicht. Im Licht der Petroleumlampe sahen seine Lippen weiß aus, und seine Augen waren glasig vor Schmerzen. Mama hatte auf dem Boden neben dem Herd aus Decken ein Bett für ihn hergerichtet.

Während der Nacht legte sich der Wind. Im frühmorgendlichen Sonnenlicht glitzerte der Schnee weiß und schön. Kate dachte an Mamas Worte: »Wenn Jesus dir vergibt, wirst du rein – wie frischer Schnee.«

An diesem Morgen glaubte und verstand Kate diese Worte. Sie verspürte innerlichen Frieden. *Heute ist Weihnachtsabend!*, sagte sie sich. Sie wagte sogar zu hoffen. *Vielleicht ist Papa während des Sturms nach Hause gekommen!*

Dann fiel ihr Stretch ein. Sie dachte daran, dass sie, Erik und Anders geplant hatten, zu Big Gust zu gehen. Und sie dachte daran, wie Anders sich verletzt hatte.

Als sie unten in die Küche kam, wusste Kate: Sie brauchte gar nicht erst zu fragen. Tina und Mama arbeiteten ruhig vor sich hin. Lars war draußen, um die Kühe zu melken. Papa war während der Nacht nicht gekommen.

Anders, der immer noch neben dem Herd im Esszimmer lag, sah blass aus. Er flüsterte Kate zu: »Ich weiß nicht, ob ich einen Albtraum hatte, oder ob es wirklich so war. Geh und sieh nach dem Schwein.«

Draußen war der Schnee gegen die Sommerküche getrieben worden und türmte sich daran in hohen Schneewehen auf. Vor der Tür jedoch lag der Schnee weniger als 30 Zentimeter tief. Als Kate dorthin schaute, verspürte sie Angst.

Schnell schaufelte sie genügend Schnee zur Seite, um die Tür öffnen zu können. Innen war das kleine Haus eiskalt. Aber Kate sah nur eins:

Der Kochherd war leer. Das Schwein war fort!

Kates Angst verwandelte sich in Ärger. Sie war wütend auf denjenigen, der Josies Stier gestohlen hatte. Wütend auf die Person, die die Himbeeren, Blaubeeren, Karotten und Kartoffeln aus Eriks Keller weggenommen hatte. Wütend auf den Dieb, der ihr Schwein gestohlen hatte.

Sie wollte gerade mit der Faust auf den Herd schlagen, da bemerkte sie etwas: Ein Ofenring fehlte.

Kate wurde noch wütender. Ohne diesen Ring war der Ofen unbrauchbar. Wenn die Familie ein Feuer anzündete, würde sich der Raum mit Rauch füllen.

Sie eilte zum Haus zurück und überbrachte Anders, Mama und Tina die schlechte Nachricht. »Das Schwein ist fort!«

Tinas Augen weiteten sich, und Mama warf die Hände hoch. »Mitten in diesem Sturm ist jemand gekommen?«

Zornig schlug Anders eine Faust in die andere. Er versuchte aufzustehen, sank jedoch stöhnend zurück.

Als Lars hereinkam und von dem Diebstahl des Schweins erfuhr, sah er ebenfalls bestürzt aus.

Während Mama Teller mit Eiern und warmem Brot füllte, flüsterte Anders: »Kate, wir müssen unbedingt zu Stretch kommen.«

»Solange wir es noch beweisen können!«, eiferte Kate mit leiser Stimme. »Aber wie?«

Während des Frühstücks hatte Mama etwas anderes als das Schwein im Kopf. »Weihnachten hin, Weihnachten her, Anders muss zum Arzt nach Grantsburg. Sein Knöchel ist heute Morgen noch mehr geschwollen. Ich kann nicht sagen, ob er verstaucht oder gebrochen ist. Es kann sein, dass er gerichtet werden muss.«

»Ich werde ihn bringen, Mama«, sagte Kate schnell.

»Du, Kate? Nein, auf gar keinen Fall.«

»Ich schaff das, Mama.«

»Elf Meilen? Das kannst du nicht allein.«

»Ich bin mir sicher, ich kann es, Mama«, entgegnete Kate, obwohl sie sich dabei nicht ganz wohl fühlte.

Mama seufzte: »Also gut, ich glaube, du hast recht. Aber du müsstest den großen Schlitten nehmen, damit Anders sich hinlegen kann.«

»Der große Schlitten ist zu schwer für Wildfire allein«, entgegnete Anders. »Zumindest bei diesen Schneewehen.«

Kate drehte sich ihm verwundert zu, dass Anders nicht sofort zustimmte, nach Grantsburg zu fahren.

Anders fuhr fort: »Hol Erik. Frag, ob er mit Lundgrens Pferdegespann fahren kann.«

Als Lars und Erik mit Lundgrens Pferdegespann zurückkamen, hatte Mama zwischenzeitlich Brote und Kakao vorbereitet.

Erik sah zornig aus, als er die eiskalte Sommerküche untersuchte. »Hast du gesehen, dass euch auch ein Ofenring fehlt?«

Er breitete im Schlitten schwere Decken für Anders aus. In die Decken legte er Ziegelsteine, die Mama aufgewärmt und in grobes Leinen gewickelt hatte. Dann halfen er und Kate Anders so vorsichtig wie sie konnten hinein. Trotzdem zuckte Anders vor Schmerzen zusammen.

Als sich die Pferde in Bewegung setzten, klingelten die Schlittenglöckchen hell und klar in der Winterluft. Aber Erik sprach nur von dem Schwein. »Im Schnee sind keine Fußspuren zu sehen.«

»Es müssen welche da gewesen sein«, antwortete Kate. »Bestimmt hat der Wind sie verweht.« Einen Augenblick dachte sie darüber nach. »Vielleicht ist das der Grund, warum er letzte Nacht gekommen ist.«

»Ganz schön gerissen, der Dieb.« Erik sprach ärgerlich. »Wir haben nicht viel Zeit.«

Kate wusste: Er hatte recht. »Wenn er das Schwein zerschneidet, werden wir nicht in der Lage sein, es wiederzuerkennen.«

Auf der Hauptstraße trabten die Pferde schneller. Doch sie kamen nur langsam voran, denn die Schneewehen waren tief.

Mit jeder Verzögerung wurde Kate ungeduldiger. »Selbst wenn wir Big Gust erreichen – wie können wir beweisen, dass es unser Schwein ist?«, fragte sie. Und noch etwas anderes beunruhigte sie. »Ich denke immer noch an die verborgene Botschaft. Wenn die Orgel Frau Berglund gehörte und wenn sie die Botschaft geschrieben hat, denkt ihr, dass sie immer noch Angst hat?«

»Könnte sein, weil sie allein lebt«, antwortete Erik.

Anders widersprach, indem er von hinten rief: »Sie *will* auf ihrer Farm bleiben, obwohl sie allein dort lebt.«

Kate war mit dieser Antwort nicht zufrieden. »Was würde ihr dann Angst machen? Wir haben immer noch nicht herausgefunden, was *en* bedeutet.«

»En, en, en.« Erik wiederholte die Silbe für sich selbst. »Was würde *en* mir tun?«

Eine Zeit lang fuhren sie schweigend weiter. Plötzlich rief Anders: »Mensch! Das Wort bedeutet *Mensch*!«

Dann stöhnte er: »Können wir irgendwo anhalten? Jedes Mal, wenn wir auf eine Schneewehe treffen, schmerzt mein Knöchel mehr.«

»Lasst uns bei Berglunds anhalten und uns aufwärmen«, schlug Kate vor. »Wir müssen sowieso das Beil zurückgeben. Und ich will nach der Botschaft fragen.«

Als sie bei dem Haus ankamen, öffnete Walter Berglund die Tür. Frau Berglund war wieder gesund und lief umher. Sie bestand darauf, sie zu bewirten.

»Holst du mir die Milch, Kate, ja?«, fragte sie, während ihr Sohn und Erik Anders ins Haus brachten.

Kate zündete eine Kerze an und zog die Falltür auf. Schritt für Schritt stieg sie in die Dunkelheit. Diesmal hielt sie ihre Hand um die Flamme, um sie vor dem Ausblasen zu schützen. Als sie am Fuß der Treppe ankam, brannte die Kerze jedoch völlig gleichmäßig, die Flamme reckte sich gerade in die Höhe.

Kate sah die Milch auf dem Sims neben der Treppe. Sie nahm sie hoch, dann setzte sie die Kanne wieder ab. Warum war vorher ein Luftzug da gewesen und heute nicht? Warum ging die Kerze nicht aus?

Kate hielt die Kerze hoch und schaute sich um. Diesmal war sie entschlossen, sich den ganzen Keller anzusehen.

Das Kellergeschoss war klein. Kate näherte sich dem mit Brettern verschlagenen Teil, den sie letztes Mal gesehen hatte. Sie entdeckte eine Tür und öffnete sie. Einmachgläser und Saftflaschen füllten mehrere Regale.

Daneben standen große Behälter mit Kartoffeln

und Körbe voll Erde. Kate wusste: Die Körbe enthielten wahrscheinlich Karotten, die für den Winter gelagert waren.

Enttäuscht setzte sie ihre Suche fort. *Da muss etwas sein.* Was würde einen Luftzug verursachen, der stark genug war, eine Flamme auszublasen?

Kate ging im Raum umher und hielt ihre Kerze weiter hoch. In der Wand gegenüber der Treppe, die zur Küche führte, entdeckte sie eine weitere Tür. Auf jeder Seite waren breite Simse in die Erdwand gegraben.

»Kate!«, rief Frau Berglund hinunter. »Hast du Schwierigkeiten?«

»Bin gleich da!«, antwortete Kate. Sie näherte sich einem Sims und spähte in den Bereich, der von der Kerze erleuchtet wurde. Diesmal sah sie weit hinten auf dem Sims etwas stehen: Es waren Obstgläser, Gläser gefüllt mit Blaubeeren, Himbeeren und Erdbeeren.

Kate drehte sich um und betrachtete einen anderen Sims.

Dort stand eine Anzahl von Körben. Auch sie waren weit zurückgestellt, fast außer Sichtweite.

Zwischen diesen Simsen befand sich die Tür, die sie gesehen hatte, und Kate öffnete sie. Auf der anderen Seite führten Stufen empor, die oben durch eine Doppeltür bedeckt waren, die schräg über der Öffnung lag. »Das ist es!«, rief Kate aus. Wenn die Türen auch nur ein wenig offen gelassen wurden, würde das einen Luftzug verursachen.

Kate schloss die innere Tür und ging dorthin zurück, wo die Milch stand. Gerade da rief Frau Berglund erneut.

»Ich komme!«, stieß Kate hervor und eilte die Stufen hinauf.

In der Küche blickte sie sich schnell um. Von einem Fenster aus konnte man auf die schrägen Flügel der Doppeltür des Kellers blicken. Unterhalb des Fensters erstreckte sich der Hinterhof zu den nahen Wäldern hin.

Kate setzte die Milch neben einem großen Schrank ab. Sie wollte sich gerade umdrehen, da entdeckte sie noch etwas. Ein Stück Stoff, mit Worten bestickt, hing an der Wand.

Als sie auf Zehenspitzen davorstand, um die Worte zu lesen, wagte Kate kaum zu atmen. Voller Aufregung warf sie ihren langen schwarzen Zopf über die Schulter.

Das mussten Anders und Erik sehen!

Big Gust Anderson

Kommt jetzt, kommt!«, rief Frau Berglund, bevor Kate die Jungen herbeiholen konnte. »Ihr habt noch eine weite Fahrt vor euch.«

Auf Erik gestützt, ließ Anders sich auf einen Stuhl in der Nähe des Tisches nieder.

»Heute ist Weihnachtsabend«, sagte Walter Berglund nach dem Gebet. »Da hast du dir einen schlechten Tag ausgesucht, Anders, um dich zu verletzen.«

Anders musste ihm recht geben. Sein Gesicht sah bleich aus, und er zuckte jedes Mal zusammen, wenn er seinen Knöchel auch nur bewegte. Doch trotz seines Elends zwinkerte er Kate zu, als wollte er sagen: »Nun frag schon!«

Kate zögerte keine Minute. »Frau Berglund, besaßen Sie jemals eine Orgel?«

Die alte Frau lächelte. »Jo.«

Jetzt wandte Kate sich an ihren Sohn: »Haben Sie diese Orgel letzten Sommer verkauft?«

»Jo, auf dem Markt in Grantsburg. Als der Bezirksmarkt stattfand.«

Kates Spannung wuchs. Sie schaute wieder zu Frau Berglund. »Ich glaube, ich habe Ihre Orgel.«

»Jo? Wie sieht sie aus?«

Als Kate die Orgel beschrieb, nickte Frau Berglund. »Jo, das ist allerdings meine.«

»Dann habe ich ein Buch, das Sie darin zurückgelassen haben.«

»Das ist gut. Ich habe es für dich darin zurückgelassen.«

»Für mich?«

»Ich hoffte, dass wer die Orgel bekäme, es benutzen würde.«

»Oh, das tue ich!«, sagte Kate eifrig und erzählte ihr von dem Lied »Kinder des himmlischen Vaters«.

Doch eigentlich wollte Kate nach der verborgenen Botschaft fragen. Mehr als einmal hatten sie, Anders und Erik die Orgel untersucht, um die andere Hälfte des Papiers zu finden.

»Wir haben in einem Spalt des Geheimfachs den Teil einer Botschaft gefunden«, berichtete Kate.

»Und was enthielt diese Botschaft?« Frau Berglunds Augen funkelten, als wüsste sie es bereits.

»Ist es Ihnen recht, wenn ich sie aufschreibe?« Kate hatte auf einem Regal in der Nähe ein Tintenfass und eine Feder entdeckt.

Kate nahm die Feder und tauchte sie in die Tinte. Als sie fertig war, standen dort die Worte:

mir zur Seite

fürchte mich

en mir tun?

Frau Berglund lächelte. »Das ist mein Lieblingsbibelvers.«

»Ein Bibelvers?«

Sie nickte. »Psalm 118, Vers 6.«

»Und Sie haben ihn in meine Orgel gelegt? Ich meine, in *Ihre* Orgel?«

»Viele Jahre stand er auf meinem Notenhalter«, erklärte Frau Berglund. »Ich wollte ihn dort vor Augen haben. Als Walter die Orgel mit in die Stadt nahm, legte ich die Botschaft in das Fach. Sie muss in den Spalt hineingerutscht sein.«

»Doch wie lautet der Rest davon?« Anders' Stimme war ungeduldig.

Jetzt hatte Kate ihre helle Freude. Sie beugte sich vor und schrieb erneut. Als sie sich zurücklehnte, sprang Erik auf, um die Worte laut zu lesen:

»Der Herr steht mir zur Seite,
ich fürchte mich nicht.
Was könnten Menschen mir tun?«

Anders sah verblüfft aus. »Kate, woher wusstest du das?«, fragte er.

»Wir sollten Anders helfen«, antwortete Frau Berglund.

Ihr Sohn begab sich zur Küchenecke. Als er zurückkam, hielt er das Stück Stoff mit dem eingestickten Bibelvers hoch.

Aber Kate stellte eine weitere Frage. »Hatten Sie manchmal Angst?«, fragte sie Frau Berglund.

Unter Frau Berglunds blassblauen Augen breitete sich ihr freundliches Lächeln auf dem Gesicht aus. »Jo, ich hatte oft Angst.«

»Warum?«, fragte Kate wieder.

»Wenn ich für andere Menschen Orgel spielte, hatte ich Angst, Fehler zu machen. Ich fürchtete mich davor, was die Leute denken würden.«

»Hat der Vers geholfen?«

»Jo, sicher. Ich habe ihn immer wieder aufgesagt. Bevor ich spielte, bat ich Gott, mir zu helfen.«

»Und er tat es?« Kate musste es unbedingt wissen.

»Er hat es immer getan. Und er tut es noch immer, wenn ich Angst habe. Wenn ich ein seltsames Geräusch in der Nacht höre, sage ich mir diesen Vers.«

»Haben Sie in letzter Zeit seltsame Geräusche gehört?«, fragte Kate schnell. Sie ahnte, wie die Antwort lauten könnte.

»Also, jetzt, wo du es erwähnst: Ich habe vor ein paar Nächten Geräusche gehört, die von der hinteren Seite des Hauses kamen. Dort geht ein Fuhrweg durch den Wald. Aber es war dunkel. Ich konnte nichts sehen.«

Kate fragte Walter Berglund: »Waren Sie zu der Zeit im Haus?«

Er schüttelte den Kopf. »Ich war über Nacht fort. Ich höre zum ersten Mal von den Geräuschen.«

Auf dem Weg nach Grantsburg erzählte Kate Erik und Anders davon, was sie im Keller entdeckt hatte.

»Warum sollten dort Kartoffeln an *zwei* Plätzen stehen; und warum sollten Einmachgläser an *zwei* Plätzen stehen?«

Eriks Augen leuchteten auf.

»Und warum sollte dort an einem Tag ein Luftzug sein und am anderen nicht?«, fuhr Kate fort. »Es sei denn, die Türen waren offen!«

Eriks Lächeln sagte Kate, dass beide den gleichen Gedanken hatten. Anders meldete sich aus dem hinteren Teil des Schlittens. »Weißt du, Kate, für ein Mädchen bist du ganz schön clever.« Er hörte sich überraschend normal an.

Diesmal machte Kate sein Necken nichts aus. Doch dann kam ihre Furcht zurück. »Wenn es wirklich Stretch ist, was wird er denken, wenn *wir* ihn verraten?«

»Also, jetzt bist du *nicht* clever«, meinte Anders.

»Wenn *wir* nichts sagen, wer dann?«, fragte Erik. »Stretch wird für den Rest seines Lebens weiterstehlen.«

Als sie nach Grantsburg kamen, lief Erik los, um Big Gust zu finden. Kate blieb mit Anders beim Arzt. Es war zwar eine böse Verstauchung, aber kein Bruch. Der Doktor gab Anders Krücken mit und erklärte ihm, er solle den Knöchel nicht belasten.

Kurze Zeit später kam Erik mit dem Dorfmarshal zurück. Da Kate den großen Schweden eine ganze Zeit lang nicht gesehen hatte, war sie von seiner Größe erneut überrascht.

Sie wusste: Big Gust war 2,28 Meter groß, wog 360 Pfund und trug Größe 52 in seinen Stiefeln.

Unter seinem Schnurrbart schien sein Lächeln riesige Ausmaße anzunehmen. Als er seine Hand hinunterstreckte, um »Guten Tag« zu sagen, sah Kate die Freundlichkeit in seinem Blick.

»Sheriff Saunders ist fort«, erklärte Erik. »Doch Big Gusts Schwester lebt außerhalb der Stadt, in der Nähe von Wood Lake. Das liegt auf unserem Weg. Er wollte gerade aufbrechen, um sie zu Weihnachten zu besuchen.«

Sie begaben sich alle hinaus zu Eriks Schlitten. Anders humpelte auf seinen Krücken hinterher. Als er zurückblieb, drehte Big Gust sich um, beugte sich hinunter und nahm Anders auf die Arme.

»He, was tun Sie?« Anders sah verlegen aus, doch der Marshal setzte ihn so sanft in den Schlitten, als wäre er ein Korb voller Eier.

Erik grinste zu Kate hinüber. Für einen Riesen, der bekannt dafür war, dass er zwei Männer auf einmal hochhob, stellte Anders absolut kein Problem dar.

Big Gust ließ sich auf dem Sitz nieder und nahm die Zügel. An beiden Seiten war gerade genug Platz vorhanden, dass Erik und Kate sich neben ihn quetschen konnten.

Trotz der Kälte ließ Big Gust seinen Waschbärfellmantel offen. Darunter trug er die Marshal-Uniform, einen langen blauen Mantel mit goldenen Knöpfen. Als der Waschbärfellmantel zurückschlug, sah Kate den silbernen Stern auf Big Gusts Uniform.

Als sie jedoch aus Grantsburg hinausfuhren, musste Kate wieder gegen ihre Angst ankämpfen. *Was passiert, wenn Stretch herausfindet, dass ich es bin, die ihn verraten hat?*

Während sie auf den schneebedeckten Straßen nach Hause fuhren, erzählte Big Gust ihnen Geschichten aus seiner Kindheit in Schweden. Jedes Mal, wenn er erzählte, fühlte Kate sich besser.

Jedes Mal, wenn sie sich fragte, was Stretch denken würde, wiederholte sie Frau Berglunds Bibelvers. »Der Herr steht mir zur Seite, ich fürchte mich nicht. Was könnten Menschen mir tun?«

Trotz allem, was Erik über die Diebstähle erzählt hatte, war Big Gust bester Laune. Mehr als einmal griff er in seine großen Taschen.

Kate hatte gehört, dass er immer Süßigkeiten für die Kinder von Grantsburg bei sich trug, doch sie hatte es noch nie gesehen. Jetzt zog Big Gust aus der einen Tasche Erdnüsse und aus der anderen eine Tüte mit Weihnachtsleckereien.

»Wir werden zuerst bei Berglunds halten«, teilte er ihnen mit.

Als sie dort ankamen, musste der Marshal sich bücken, um durch die Tür zu kommen. Während Anders sich in der Küche aufwärmte, folgten Kate, Erik und Big Gust Walter Berglund in den Keller. Dort musste der große Schwede sich auf den Erdboden hocken, um nicht an die Decke zu stoßen.

Herr Berglund schüttelte erstaunt den Kopf, als er die zusätzlichen Lebensmittel sah. »Jemand muss sie durch die Außentür hineingeschafft haben. Wenn ich die Kartoffeln hineinbringe, bedecke ich die Tür normalerweise mit Schnee. Dieses Jahr bin ich nicht dazu gekommen.«

Erik erklärte aufgeregt: »Sieht so aus, als wären es unsere Einmachgläser.« Die Körbe mit Karotten, Kartoffeln und Kürbissen schienen ebenfalls ihnen zu gehören. »Und es sieht so aus, dass alles noch gut ist!« Es schien, als wäre nichts gefroren.

Kate hatte eine Idee. »Erik, hast du nicht gesagt, dass ein Glas zerbrochen war? Kannst du feststellen, ob eins fehlt?«

»Bestimmt«, antwortete Erik. »Mama hat mir gesagt, wie viel sie von jeder Sorte eingemacht hat.«

Sie trennten die Erdbeeren, Blaubeeren und Himbeeren nach Sorten und begannen zu zählen.

»Sie sind alle da – bis auf ein Blaubeerglas!«, stellte Erik fest.

Als sie weiterfuhren, nahm Big Gust den Fuhrweg hinter dem Haus durch den Wald. Kate fühlte sich unbehaglich. Sie fragte sich, ob dies der Weg war, den Stretch genommen hatte.

Nach kurzer Zeit hielt Big Gust den Schlitten in einem Kieferngehölz an, außer Sichtweite von Stretchs Haus. »Ihr bleibt hier«, befahl er. »Ich gehe allein.«

Kate war erleichtert. Sie war in Sicherheit. Stretch würde nicht erfahren, dass sie den anderen von ihm erzählt hatte.

Die Sonne versank am Horizont, als Big Gust zurückkehrte. »Ich habe Stretch gefunden«, sagte er. »Und ich habe ein Schwein gefunden, das eures sein könnte.«

»Großartig!«, rief Anders aus.

Doch Big Gust sah grimmig aus. »Stretch sagt, das Schwein gehört ihm.«

Kate schaute Anders an, und Anders schaute zu Erik. Schließlich ergriff Anders das Wort. »Das ist genau das, was wir befürchtet haben. Wir können nichts beweisen.«

Big Gust schüttelte den Kopf. »Dann kann ich nichts unternehmen. Nicht ohne Beweis.«

Als der Marshal sich in den Schlitten setzte, stöhnte Anders auf. Aber Kate und Erik schauten einander an, denn in diesem Augenblick fiel ihnen etwas ein.

»Der Herd!«, rief Kate aus.

In seiner Aufregung lachte Erik. »Der Ring war verschwunden!«

»Wovon redet ihr?«, fragte Anders.

Erik fragte Big Gust: »Haben Sie vielleicht das Schwein herumgedreht?«

Der große Mann schüttelte den Kopf.

»Dann haben wir den Beweis!«, rief Kate.

Mit leiser Stimme erklärten sie es Big Gust, und er grinste.

Kate vergaß, was Stretch von ihr denken könnte, sprang vom Schlitten herunter und eilte auf das Haus zu.

Weihnachtsmorgen

Kate lief durch den Kiefernwald. Erik und Big Gust folgten ihr. Anders humpelte auf seinen Krücken hinterher, machte aber wegen des Schnees keine großen Fortschritte.

Big Gust schaute sich um und stapfte zurück. Mit einem leichten Schwung nahm er Anders auf die Arme. Wieder sah Anders verlegen aus. Gleichzeitig schien er jedoch dankbar für die Hilfe zu sein.

Für den Dorfmarshal schien Anders ein Fliegengewicht zu sein. Big Gust schritt mit seinen langen Beinen weit aus und marschierte mühelos durch die tiefen Schneewehen.

Kate lief direkt zu dem kleinen Gebäude, wo sie und Anders Stretch das letzte Mal gefunden hatten. Als sie an die Tür pochte, kam Stretch heraus.

Er grinste sie an, und Kate erinnerte sich, warum sie ihn nett gefunden hatte. Jetzt verursachte der Gedanke ihr Unbehagen.

Dann erblickte Stretch Big Gust, Anders und Erik. Das Grinsen verschwand so plötzlich, als zöge sich eine Maske über das Gesicht des Jungen.

»Wir wollen noch einen Blick auf das Schwein werfen«, erklärte der Marshal.

Es dauerte einen Augenblick, bis Kates Augen sich an das schwache Licht im Schuppen gewöhnt hatten. Drüben in einer Ecke stand ein hölzerner Tisch.

Darauf lag ein gefrorenes Schwein, und Kate wusste sofort, dass es ihnen gehörte.

»Ich sage Ihnen, es gehört mir«, sagte Stretch zu Big Gust. »Wieso verdächtigen Sie mich?«

Der große Marshal schien den kleinen Schuppen vollständig auszufüllen. »Lass uns mal genauer hinsehen. Was würdest du sagen, wenn ein Ofenring an das Schwein gefroren wäre?«

Stretch ging zum Tisch, als könnte ihn nichts auf der Welt aus der Ruhe bringen. Doch Kate sah, dass eine Seite seines Gesichts zu flattern begann.

Big Gust drehte das Schwein herum. An der Unterseite festgefroren war tatsächlich ein Ofenring!

Stretchs Augen flackerten. Schnell drehte er sich zur Seite, aber Kate sah vorher noch, dass er sich auf die Unterlippe biss.

Kurze Zeit war Kate zufrieden. Sie hatten den Beweis, den sie benötigten. Im nächsten Moment fühlte sie sich unwohl. Als sie zu Erik und Anders blickte, ahnte sie, dass es den beiden genauso ging.

Sie verabscheute es beinahe, Stretch weiter zu fragen. »Deine blaue Hand? Hast du ein Glas von Eriks Blaubeeren zerbrochen?«

Lange zögerte Stretch. Schließlich nickte er.

»Und du hast die Gläser und Kisten fortgeschafft und sie in Berglunds Keller versteckt?«, fuhr Kate fort.

Stretch sah so aus, als würde er sich fragen, wie sie das wissen konnte. Langsam nickte er wieder.

Anders hatte seine eigenen Fragen, und er war ärgerlich. »Und Josies Stier? Wo ist der?«

Stretch ließ die Schultern sinken, er schien aufzugeben. »Ich habe ihn dorthin gebracht, wo niemand mich kannte. Ich habe ihn verkauft.«

»Warum, Stretch?« Big Gusts Stimme klang hart wie Stahl, aber auch traurig.

Stretchs Gesichtszüge schienen immer noch so gefroren zu sein wie das Schwein. Als er schwieg, fragte Big Gust noch einmal. »Warum hast du das getan?«

Kate war überrascht, dass ein so großer Mann so freundlich sprechen konnte.

Auch Stretch musste die Freundlichkeit herausgehört haben. Seine Maske zerbröckelte. Er blickte zu Kate, dann zur Seite. Als er redete, stieß er die Worte zwischen den Zähnen hervor. »Ich war hungrig.«

»Du warst *hungrig*?«, fragte Big Gust. »Ein Junge in Nordwest-Wisconsin ist hungrig? Ich traue meinen Ohren nicht!«

»Am Anfang war ich hungrig.« Jetzt blickte Stretch zu Boden. »Dann merkte ich, dass ich die Sachen verkaufen konnte, um mir dann das zu kaufen, was ich mir wünschte.«

»Aber warum?« Kate fühlte sich wie betäubt, als würde sie Stretch in Wirklichkeit gar nicht hören.

Wieder blickte er zu Kate, dann in eine andere Richtung. Er sprach so leise, dass sie es kaum hören konnte. »Nachdem Mama starb, fing Papa an zu trinken. Jedes Jahr trank er mehr. Diesen Herbst verkaufte er die Kühe. Er verkaufte die Ernte. Alles, was er behielt, waren die beiden Pferde.«

Dann gingen sie zum Haus. Big Gust versuchte, Anders zu helfen, doch Anders schüttelte den Kopf.

»Jetzt nicht!«, erklärte er und deutete dabei so auf Stretch, als wolle er in seiner Gegenwart nicht getragen werden. Als er auf Krücken durch den Schnee humpelte, kam er nur mit Schwierigkeiten vorwärts.

Das Haus war kalt, und der Holzvorrat war knapp, doch Erik machte ein Feuer. Sie zogen Stühle herbei und drängten sich dicht heran.

Stretch erzählte ihnen noch mehr. »Papa und ich hatten furchtbare Kämpfe miteinander. Eines Nachts, als er einschlief, nahm ich das Geld, das er bekommen hatte, als er alles verkaufte. Ich wusste, er würde es vertrinken, also versteckte ich es. Am nächsten Tag, als ich aus der Schule nach Hause kam, war Papa fort. An der Stelle, wo ich das Geld versteckt hatte, war nichts mehr.«

»Wo ist er jetzt?«, fragte Big Gust.

Stretch zuckte die Schultern. »Ich weiß es nicht. Ich habe ihn mehrere Monate nicht gesehen.«

»Du hast hier ganz allein gelebt?«, fragte Anders mit leiser Stimme. »Und keiner hat es gewusst?«

»Papa blieb immer für sich«, erklärte Stretch. »Er hatte nie viel Kontakt zu Nachbarn. Im Winter sind wir immer allein.«

»Warum hast du uns nichts gesagt?«, fragte Anders.

Stretch sah verlegen aus. »Ich wollte nicht, dass ihr es wisst. Ich hatte Angst davor, was ihr über meine Familie denken würdet.«

»Deshalb bliebst du einfach aus der Schule weg?«

Stretch nickte, doch er schaute Anders nicht an.

»Und was war mit Kate?«, fragte Erik. »Wie kommt es, dass du fortgelaufen bist, als sie durchs Eis brach?«

Stretch drehte sich in ihre Richtung, seine Augen waren seltsam feucht. »Es tut mir leid, Kate. Ich hatte solche Angst, dass ich weggelaufen bin.«

In Kate stieg Ärger hoch. »Ich hätte ertrinken können!«

Stretch sah aus, als hätte sie ihn geohrfeigt. Trotz seiner Länge wirkte er jetzt sehr klein, als er in seinem Stuhl zusammensank.

Als Kate ihn beobachtete, erinnerte sie sich an das, was sie von Mama gelernt hatte. Sie holte tief Luft. Bevor sie ihre Meinung wieder ändern konnte, sagte sie sanft: »Ich vergebe dir, Stretch.«

Big Gust legte seine große Hand auf Stretchs Schulter. »Du wirst arbeiten und zurückzahlen müssen, was du gestohlen hast. Wir werden uns unterhalten und entscheiden, wie du die Dinge mit den Leuten wieder in Ordnung bringen kannst. Doch jetzt kommst du erst einmal mit mir. Zuerst feiern wir Weihnachten.«

Stretch und Big Gust trugen das Schwein zum Schlitten. »Wir werden eure Lebensmittel bald zurückbringen«, versprach der Marshal Erik.

Kate sah noch, wie Stretch seine Pferde anschirrte. Dann fuhren er und Big Gust zum Haus der Schwester des großen Schweden.

»Darum hat Lutfisk mich angeknurrt, stimmt's?«, fragte Kate, als sie, Anders und Erik wieder losfuhren.

Erik schlug mit den Zügeln, und die großen Pferde setzten sich in Bewegung. »Wovon sprichst du?«

»Erinnerst du dich an den Tag, an dem ich durchs Eis brach? Zuerst dachte ich, Lutfisk knurrt mich an. Doch Hunde scheinen zu wissen, welchen Menschen sie trauen können, nicht wahr? Lutfisk muss es auf Stretch abgesehen haben.«

Während sie weiterfuhren, unterbrachen nur die Schlittenglöckchen die Stille.

Schließlich meldete Kate sich zu Wort. »Es ist Weihnachtsabend«, meinte sie ruhig. »Wir haben den Baum noch gar nicht aufgestellt.«

»Wir haben ihn noch nicht einmal gefällt«, sagte Anders. Gewöhnlich fällten die Nordstroms am Nachmittag des Weihnachtsabends einen Tannenbaum. Jetzt sah Anders, der im hinteren Teil des Schlittens lag, zu müde aus, um sich darum zu kümmern.

Das Pferdegespann wusste, dass es nun nach Hause ging, und legte ein flottes Tempo vor. Als der Schlitten hart gegen eine Schneewehe schlug, stöhnte Anders auf. »He Erik! Das tut weh!«

Erik hielt an, half Anders, sich aufzusetzen, und schob mehr Stroh unter seinen verstauchten Knöchel.

Als Erik den Pferden zuschnalzte, ergriff Anders erneut das Wort. »Du weißt, wir haben unser Schwein. Und ihr bekommt eure Vorräte zurück, Erik. Doch was ist mit Josies Familie? Selbst wenn Stretch arbeitet, um ihnen den Stier zu bezahlen, haben sie immer noch kein Fleisch für den Winter.«

Eine Zeit lang waren die drei still und dachten an Josies acht Brüder und Schwestern.

»Ich weiß, was wir tun können!«, erklärte Anders eifrig, und seine Stimme ertönte dabei so gut gelaunt wie den ganzen Tag noch nicht. »Wir werden sie überraschen! Morgen sehen wir alle Familien aus der Gegend hier in der Kirche. Wir werden jede Familie fragen, ob sie Swensons nicht etwas geben wollen.«

Erik stimmte zu. »Am nächsten Tag können wir dann herumfahren und alles einsammeln.«

»Und wir können Josies neues Kätzchen anschauen«, fügte Kate hinzu.

»Ein Kätzchen?«, fragte Anders. Obwohl es Josie gehörte, war er nicht allzu begeistert.

»Eine Katzenmutter ist gestorben, und Josie hat das Baby gefüttert, um es am Leben zu erhalten. Das Kätzchen ist so klein, dass Josie es nicht hinauslässt. Doch ab und zu verschwindet es.«

Erik schaute Kate an und grinste. »Vielleicht ist da ein neues Geheimnis zu lösen.«

»Vielleicht.« Kate lachte allein schon bei dem Gedanken daran.

Der Wind war jetzt kalt und beißend. Kate wickelte ihren Schal um ihr Gesicht. In Gedanken sah sie das Windy-Hill-Farmhaus. Mama würde bestimmt eine Kerze ins Fenster stellen.

»Sie bedeutet, dass wir uns daran erinnern, dass Jesus als Baby auf die Erde kam, um mit seinem Licht unsere Dunkelheit zu erhellen«, hatte sie ihnen mehr als einmal erzählt.

Aber Kate wusste: Wenn Mama eine Kerze anzündete, hoffte sie auch, diese würde Papa den Weg nach Hause leuchten.

»Es ist Weihnachtsabend«, seufzte Kate wieder. »Und Papa ist nicht gekommen.«

Die Jungen schwiegen, denn es gab nichts zu sagen.

Die untergehende Sonne hatte den Himmel orange gefärbt, als Kate weit vorn auf der Straße ganz klein eine Gestalt erblickte. Sie kamen näher und näher, bis sie schließlich erkannten, dass es ein Mann war, der ihnen den Rücken zukehrte.

Seine Schultern hielt er wegen der Kälte gebeugt. Sein Gang war müde, wie bei jemandem, der seine Füße wund und blutig gelaufen hat. Irgendwie kam ihnen der Mann bekannt vor.

Anders zog sich hoch, um nachzusehen, und schrie: »Papa!«

Beim Klang von Anders' Stimme drehte der Mann sich um.

Im letzten Glanz der Sonne erkannte Kate, dass es stimmte. »Papa!«, schrie sie. In ihrem Schrei lag all die Freude, die sich nach langem Warten einstellt.

Erik hielt die Pferde an, und Papa reckte sich zum Schlitten hoch, um Anders zu umarmen. Kate sprang hinunter, und schon wurde sie von Papas Armen umschlossen. Sein Bart und seine Wimpern waren voller Eis, seine Lippen aufgesprungen von der Kälte.

Seine Beine waren steif, als er auf den Schlitten kletterte, doch seine Augen leuchteten. Er war hier bei ihnen! An Weihnachten zu Hause!

Und als sie zum Windy-Hill-Farmhaus hinauffuhren, hatte Mama vier Kerzen im Fenster aufgestellt.

Am nächsten Morgen standen Mama, Papa, Anders, Lars, Tina und Kate um vier Uhr auf. Das Haus war kalt und der Himmel noch dunkel.

Als Eriks Familie erschien, um sie mit zur Kirche zu nehmen, brachten sie einen großen Tannenbaum mit. Erik schleppte ihn in das vordere Zimmer und stellte ihn auf. Die Zweige reichten bis zur Decke.

Dann kletterten alle in den Schlitten, um zum Weihnachtsgottesdienst zu fahren, der früh am Morgen stattfand. Mit baumelnden Laternen und klingelnden Schlittenglöckchen brachen sie in die klirrende Kälte auf.

Eriks Vater führte die Zügel, und Mama saß neben Papa. Sie wollte sich selbst während der Fahrt zur Kirche nicht von ihm trennen lassen. Papa hatte sie in einen dicken Mantel eingepackt, doch Mama streckte eine Hand heraus und legte sie unter Papas großen Handschuh.

Der Mond stand immer noch hoch am Himmel, als die Pferde von Familie Lundgren den Hügel bei Four Corners hinaufliefen. Kate drehte sich um und schaute zurück: Sie sah eine Kette von Laternen, die ihnen folgte.

Links von ihnen verlief eine weitere Straße, auf der Laternen in der Nacht baumelten. Auf der Kuppe des Hügels kamen Lichter von vorn auf sie zu. Und zur Rechten leuchteten noch mehr Laternen von weit her über das Tal.

Aus vier Richtungen kamen sie – Laternen, die sich langsam auf die Kirche zubewegten, kleine Lichtpunkte, die in die Dunkelheit des frühen Morgens leuchteten und langsam größer wurden.

Als Kate und ihre Familie die abgedunkelte Kirche betraten, leuchteten vor jedem Fenster Kerzen. Noch mehr Kerzen glänzten vom Weihnachtsbaum. Eine Kerze schien auch in Kates Herz zu leuchten.

Nach dem Gottesdienst erschien Eriks Familie auf der Windy Hill Farm zu weihnachtlichem Brot, Plätzchen und Kuchen. Dann war es Zeit für Kate, dass sie Tina und Papa ihre Geschenke übergab.

Aufgeregt setzte sie sich an die Orgel und fragte sich ängstlich: *Was ist, wenn ich einen Fehler mache? Was werden sie alle denken?* Sie wünschte sich von ganzem Herzen, gut zu spielen.

Da erinnerte sie sich an die verborgene Botschaft. *Der Herr steht mir zur Seite, ich fürchte mich nicht.* Wie Frau Berglund bat Kate um Hilfe.

Ihre Finger hörten auf zu zittern. Sie hatte keine Furcht mehr. Die Töne erklangen sicher und voll. Als Kate »Kinder des himmlischen Vaters« spielte, kam jemand und stellte sich neben sie. Als Kate aufschaute, war es nicht Tina, die sie erblickte, sondern Mama. Tränen standen in ihren Augen.

Kate lächelte zu Papa hinüber und begann das Lied, das sie für ihn gelernt hatte. »Stille Nacht, Heilige Nacht … Schlaf in himmlischer Ruh.«

Dann erlebte Kate die größte Überraschung von allen. Bei der zweiten Strophe begann Erik zu singen. Seine Stimme erhob sich zuerst ängstlich, dann deutlich und klar.

Einer nach dem anderen stimmte ein: Eriks Familie, Tina, Lars, Mama und Papa. Schließlich auch Anders.

Nach all den aufregenden Ereignissen begann es ein schönes Weihnachtsfest zu werden.

Was geschieht als Nächstes …

Nach der Freude, Weihnachten gemeinsam mit Papa Nordstrom feiern zu können, folgt nun wieder der Abschied. Papa muss zurück zu seiner gefährlichen Arbeit im Holzfällercamp. Kate, die ihren leiblichen Vater durch einen Bauunfall verloren hat, macht sich Sorgen um Papas Sicherheit. Außerdem müssen sie in der schlimmsten Zeit des Winters ohne Papa zurechtkommen – und das, obwohl immer wieder Wölfe um die Farm streifen.

Auch die Familie von Josie Swenson, Kates bester Freundin, hat mit Schwierigkeiten zu kämpfen. Am 25. Januar müssen sie eine große Summe zahlen, oder sie verlieren ihre Farm. Der Plan, die Schulden durch den Verkauf eines wertvollen Rings zu begleichen, scheitert, als der Ring plötzlich verschwindet. Wer hat ihn genommen? Wird es ihnen gelingen, ihn rechtzeitig wiederzufinden?

Und wer ist nachts in die Scheune der Nordstroms geschlichen und heimlich mit Wildfire ausgeritten? Könnte es die gleiche Person sein, die auch den Ring gestohlen hat?

Die Abenteuerwälder 3

Unheimliche Schatten